# 我们都不是完美的人

丁立梅 著

金城出版社
GOLD WALL PRESS

**图书在版编目（CIP）数据**

我们都不是完美的人 / 丁立梅著 . — 北京 : 金城出版社，2017.7
ISBN 978-7-5155-1483-3

Ⅰ. ①我… Ⅱ . ①丁… Ⅲ. ①散文集 — 中国 — 当代 Ⅳ . ① I267

中国版本图书馆 CIP 数据核字 (2017) 第 136617 号



**我们都不是完美的人**

---

**作　　者** 丁立梅
**责任编辑** 丁洪涛
**开　　本** 880 毫米 ×1230 毫米　1/32
**印　　张** 9.5
**字　　数** 120 千字
**版　　次** 2017 年 8 月第 1 版　2017 年 8 月第 1 次印刷
**印　　刷** 大厂回族自治县德诚印务有限公司
**书　　号** ISBN 978-7-5155-1483-3
**定　　价** 39.80 元

---

**出版发行** **金城出版社** 北京市朝阳区利泽东二路 3 号
邮编 : 100102
**发 行 部** (010)84254364
**编 辑 部** (010)64210080
**总 编 室** (010)64228516
**网　　址** http://www.jccb.com.cn
**电子邮箱** jinchengchuban@163.com
**法律顾问** 陈鹰律师事务所　(010)64970501

# 序

当这本书，终于敲完最后一个字的时候，我轻轻舒了一口气。

下了两天的雨，催开了腊梅。开了窗，会有香气，若有似无飘进来。在一个地方生活久了，哪里长着哪棵树，什么时节开什么花，我心里都有个谱。这些存在，构成了我最安稳的日常。

太阳出来了，光芒万丈。雨的痕迹，很快被抹得干干净净。雨不会一直地下，这是大自然亘古不变的真理。——好吧，我又“鸡汤”了一下。但，确实如此啊，你只要稍稍有点耐心，总会等到阳光的。

上午的辰光，静，没有声音。我安享着这样的静，陪着一盆玫瑰莲晒太阳。一只喜鹊，飞到我窗外的晾衣架上，好奇地往屋内望了望。它望见我了，转转小脑袋。又望一望我，转转小脑袋，然后飞走了。它带着满肚子的好奇飞走的罢？我被它逗乐了，微笑了很久。

蟹爪兰开疯了，花瓣怒张，花蕊像舌头般长长探出。每望它一回，我都要且惊且喜。这小小的花朵，竟能爆发出这么大的热情！

水仙的花盆暂且空着。这两天，我将去街上捧回两颗水仙球，让它们慢慢长。一日一日，重复着昔年的发现和惊喜，冒芽了，长叶了，打花苞苞了，直至它们擎着一朵朵香。

你看，日子就是这么的庸常，却有细碎的事物，如太阳碎碎的光芒，洒落其上。这些，都被我称作美好。我爱，从不厌倦。我到这世上，就是来爱这些细碎的事物的。

包括，爱你。

我只想温柔地说话，对你。

你要爱自己，爱这个世界。

这世上，十全十美的人是不存在的。谁都有出错的时候。谁都有着不足。谁都有着软弱和不堪。谁都不能包罗万象。谁都不是全能。

我们要做的，只是认真活着，认真爱着，认真过着属于我们的每一天，不强求，不辜负，努力使自己变得更美好。

也没别的要说了，就是这样的，祝你愉快。

# 目录

## NO.1 走着走着，花就开了

只要你不停下脚步，这一刻是道阻且长，下一刻，也许就遇见了人生的丰美。

## NO.2 牵着蜗牛去散步

等着蜗牛一起走，时光就真的慢下来了。

## NO.3 我们都不是完美的人

我们都不是完美的人。正因如此，我们才要在这个世上，寻找美好，一点一滴，润泽我们的人生。最终，相逢到一个更好的自己。

## NO.4 人生就是人生

我更愿意人生就是人生，就是我们真切地活在这个尘世里，爱着，眷恋着，一呼一吸间，都闪耀着日月的光辉，花草的芬芳。

## NO.5 恋的忧伤，爱的唯美

这恋的忧伤，爱的唯美，它有着露珠一般的清纯，月光一般的朦胧，花开一般的疼痛。

NO.1

# 走着走着，花就开了

只要你不停下脚步，这一刻是道阻且长，下一刻，也许就遇见了人生的丰美。

# 这样，就很好了

我读现代诗，很少能在瞬间记住。但今晨，我读到一首，却立即就记住它了。诗是余秀华写的，其中有几句很戳人心，是泪中的笑，冰中的暖：

人间有许多悲伤

我承担的不是全部

这样就很好

能悟到这般境地的，非大苦大难的人不可。上帝赋予他们苦难的同时，也教会他们承受苦难的智慧和能力。我在想，如若不是脑瘫，余秀华或许不会写诗。千千万万的读者，也就错过了结识她的好诗的机会。这对读者来说，是损失。对她来说，未尝不是。她会成为一个什么样的女人呢？

阮阮，你也许会说我矫情。呔，谁愿意脑瘫啊！你很生气。我当然知道，对余秀华来说，她宁愿不要诗歌，不要所谓的才华和成名，她也要选择健康健全。她只愿做一个健康健全的女人，哪怕就是过顶顶寻常普通的日子。

可事实是，不幸它降临了！就像你，阮阮，因一场车祸，失去了双腿。从此，你只能坐在轮椅上。你能绕开它去吗？你能对它大喝一声，去！你走开去，我不欢迎你！苦难它是不肯听你的话的，它就赖上你了缠上你了。你除了接受，还有什么法子呢？

我又想到岩缝里的草了。我去过不少的大山，几乎在每座山上，都能看到那样的景象，有小草，从岩缝里挣扎着站起身来，笑微微地开起花，或黄或红，惊艳了一方岩石。我只觉得，一座大山都在为它唱赞歌。命运对它来说，何其不公，把它的种子，随意洒到岩缝里去了。它若气馁，它若妥协，它必将永远埋藏于岩石之中，化为尘土，不见天日，哪里还会迎来花开的明媚？然它没有这么做。既然已经在岩石中了，总好过飘落在海洋里吧？——这样，已经很好了，它一定是这么想的。它接受着命运的安排，又不屈从于命运的安排，它努力适应新的环境，并努力做出改变，借着一点点空中落下的尘埃，借着一点点露水和雨水，它竟也顽强地生长起来，为自己争得了生命的绽放。

亲爱的阮阮，我不想同情你。别骂我，我其实，很想恭喜你，恭喜你失掉的仅仅是双腿，而不是双眼。有多少人在车祸中丧了命？又有多少人因车祸从此躺在床上，无法动弹？还有多少人因车祸，从此告别光明，只能生活在黑暗里？阮阮，你真的不是最不幸的那一个。这样，就很好了。

如今，事实已成事实。阮阮，你又何必日日与自己较劲，沉溺在昔日双腿能飞奔的日子里，不愿面对现实？这样天长日久下去，你失去的不仅仅是双腿，你还将残缺了你的生命，和心灵。这等于发生了第二次“车祸”，且比第一次要严重得多。而制造这起“车祸”的人，就是你。

还是醒醒吧阮阮！醒过来，接受现在的你，尽快找到新的活着的方式。腿没了，你还有手啊，还有眼睛，还有耳朵，还有一颗完整的心。这些，足够你应对新的人生了。

不知你有没有听过澳大利亚人胡哲的故事。他出生时，天生没有四肢，只在左侧臀部以下的位置，长有一个带着两个脚指头的小“脚”。就是这样一个人，他不单学会握笔写字，而且饱读群书，顺利大学毕业，获得会计与财务规划双学士学位，并出版多种书籍，在东南亚进行过巡回演讲，感动了无数的人。

阮阮，比起他来说，你的命不知要好过多少倍去。所以，不要再沉沦了，也莫要再悲戚了，从现在开始，接受新的一个你，并努力爱上她。给她一个重新绽放的机会，好吗？嗯，笑着对自己说，没什么呀，这样，就很好了。

# 走着走着，花就开了

栎栎，在给你回这封信的时候，我的音箱里，正播着周艳泓唱的《春暖花开》。这歌我真是喜欢听，好些年了，我一直喜欢着。春来的时候听着，十分的应景。即便是隆冬里听着，也很合宜。它旋律的轻快明丽，总能使人如置万花丛中，鸟在鸣叫，花在歌唱，生命真是美好啊。“对着蓝天许个心愿，阳光就会照进来”，有些时候，果真是这样。并不是你许的愿有多灵验，而在于你的心情。心里若有阳光，再多的灰暗，也会变得灿烂。

你现在的心情，却整个的，都是灰的。你告诉我，你很焦虑。你不知道要走向哪里去，你惧怕着那个“前头”。十八九岁的年纪，你感到，自己已经很老很老了。你陷在童年的回忆里，无休无止。那时，天也蓝，云也白，你聪明伶俐，唐诗宋词，教过几遍，你就能朗朗上口。你学钢琴，一首曲子，弹了不过一二十遍，你就能弹得流畅飞扬。你还登台表演，做过小主持人。一帮孩子里，就数你最出众，你深得众人喜爱。如今，一切都变了，你处处碰壁。从前那个杰出的孩子，已像一粒沙子，掉进沙堆里，再也显示不出一点点的独特。你害怕往前走，你只觉得前头都是黑暗里的黑，看不到一丝光亮。

栎栎，恕我直言，我要说，不是你变得不杰出了，而是，你本身就是一个寻常的孩子。这世上，我们原本都是寻常中的一员。江海宽大，还不是由一滴一滴寻常的水组成？是的，我不否认，你的聪明伶俐，你的优秀，但这都是在智力正常范围内的。这世上，又有几个孩子天生是愚笨的？你只不过是在某一个或某几个领域里，比别的孩子多走了几步路而已。你因此，有光环加身。那样的光环，耀花了你的眼，使你误以为，你只属于鲜花和掌声。

等你长大一些，你发现，那光环，不知何时，已黯淡了，已无踪无影了。你成了一堆沙子中的一粒，你不能接受，你无所适从。然我却要恭喜你，恭喜你终于回归到正常，恭喜你成为了你。一个人，只有当他不慕虚荣，远离浮华，他才能回归到本真，看清自己，脚踏实地，做好他正在做着的事。就像你的现在，我猜想，你应该还是个学生吧，还在读书吧。那么，你好好读好你的书，热爱大自然，热爱生命，你也就很优秀了。

栎栎，每个人，在这个世上的存在，都是唯一的，独一无二的。做好你自己，以一颗平常心，待人待己。一辈子很长，怎么可能时时有鲜花掌声相伴？很多时候，路得靠你一个人去走，途中会遇到山石林立、崎岖艰难，这都正常。因为你遇到的，别人也会遇到。而这时候，拼的就是勇气、毅力、恒心、信念，你如果比别人多出一分勇气、毅力、恒心和信念，你就有可能到达成功的彼岸，到达你所说的“杰出”。

栎栎，放下你的焦虑，思考一下你到底想要什么。然后，拿出勇气来，认真走好脚下的路。将来的事，充满了无数的不确定性，去愁着忧着做什么呢？你只管走下去，走下去，走着走着，花就开了。只要你不停下脚步，这一刻是道阻且长，下一刻，也许就遇见了人生的丰美。就像牛羊掉进了丰美的草原。

祝福你！

# 他的心上，只住着荷花

若烟惹尘，你的“遭遇”我已知悉，我不想评价，亦不想对你有什么劝慰，也没有什么好的建议。我只想跟你来说说沈从文，观照了他之后，你或许能有所感悟，释怀一二。

我们知道这个人，多半是因他文学上的成就，一部《边城》，足以让他在文坛上坐稳一个席位。但那仅仅是他人生极细小的一部分，他大半辈子的光阴，是交给文物学术研究的。他长时间的，静默在喧闹背后，蜗居于简陋的一室，吃穿俭朴，只埋头做着他的学问。世人诽他谤他打击他，或是把他遗忘掉了，他多半是不在意，——他没时间在意，也没那个心在意。这使得他即便处在风雨飘摇中，亦能处之泰然，安之若素。

黄永玉在回忆沈从文时，有三件事让我印象深刻：

之一，他被批斗。有人把一张标语用糨糊刷在他的背上，斗争会完了，他揭下那张“打倒反共文人沈从文”的标语一看，很难为情了。他告诉黄永玉说：“那书法太不像话了，在我的背上贴这么蹩脚的书法，真难为情！他原应该好好练一练的！”

之二，他被监管改造，到湖北咸宁干校去了。文化人纤弱的手，拿起竹竿子赶猪赶牛，还要时时做些思想汇报，身心的凄苦，那是无法形容的。他却浑然不觉其苦似的，在写给黄永玉的信里，竟欢喜地说道：“这里周围都是荷花，灿烂极了，你若来……”

之三，他对一个爱发牢骚的、搞美术理论的青年说：“泄气干什么？咦，怎么怕人欺侮？你听我说，世界上只有自己欺侮自己最可怕！别的，时间和历史会把它打发走的……”

我们做人，得修炼多少工夫，才能达到沈先生的那种境地啊！在那人人自危，朋友亲人路上相见，亦不敢有亲密言行举止的年代，他路过黄永玉身边，头都不歪地叮嘱黄永玉一句：“要从容啊！”管它风雨雷电，他只当它春花秋月。

我们要做到这样的“从容”，难。我们有着诸多的放不下，有着诸般的怨。受到不公正对待要怨。过得不如别人要怨。受了委屈要怨。得不到要怨。分离要怨。生病了要怨。不能晋升了要怨。错过了要怨……静下心来想想，我们真是有点傻。我们怨天尤人着，却不会撼动天一点点，也不会撼动他人一点点。天要下雨，它就下雨；天要出太阳，它就出太阳。天高兴了，它就来个万里晴空，你奈何得了么？天不高兴了，又会来个乌云密布，你同样也无可奈何。人呢？不因你的怨，他人的生活就发生一点儿的变化，他们该谈笑风生的，还在谈笑风生；该花团锦簇的，照旧花团锦簇着。该娶妻生子的，娶妻生子去了。倒是你，一个劲地在欺侮着你自己，在怨恨中憔悴，一事无成，虚掷光阴。

为何不能转换个角度看？虽世事多纷繁，夏日多烦躁，然你看，荷花开得这么灿烂啊，灿烂极了！一颗心里，只让荷花住着，也只有荷花在开着，香是从心底里溢出来的，再混浊的世事，又怎么能掩盖得了那香？所以沈先生能在极艰难严峻的环境里，坚守着自己，身边无任何资料，他仅凭记忆，用蝇头小楷，写下了《中国服饰史稿》的补充材料，洋洋洒洒几十万字，为中国服饰史画下了最璀璨的一笔。而今我们望他，唯有仰望和惊叹。

当然，他并非要我们仰望和惊叹的罢。他只是那么从容地做着一个人，一个有着自我坚守和坚持，一个至死也不失天真的人。

# 每天热爱一点点

余好，你的问题简单到只有一句话：梅子，我也想像您一样热爱生活，但始终做不到。

这一句里，包含着太多信息，让我一时竟不知说什么才好了。

我在想象里，画一个你。我想你，该是个女子。出生寻常，样貌儿亦寻常。从小到大，走的也都是寻常路，不显山，不露水。你不惹人注目，别人也不大入得了你的眼。生活在你的眼里，没有多少特别的东西。你甚至生出厌倦来。有时劳累得很，不是身体，是心。却又不能够准确地说出，为什么会心累。

庸常的生活，一日一日蚀去你的好年华。你只重复的机械的，走着相同的路。日升月落，也只让你感觉到时光在流逝罢了，你看不到，岁月的缝隙里，原是暗藏着很多美丽的琐碎。它们，都像沙粒里的金子呢。

是哪一次，你无意中转身回望自己，大吃一惊，这么些年，你竟这么无声无息碌碌地过去了！你不甘！你心底生出渴望，希望发生点儿改变，希望美好能够降临。你开始羡慕别人，包括，羡慕我。你说不知道我哪里有那么多的热情，来爱着这个庸常的俗世。你觉得我应该是上帝的宠儿。

是的，我们在望向别人时，总容易生出这样的想法：他太幸运了，他什么都是一帆风顺的，他是得到命运额外眷顾的。我们就这样，为自己找着妥协和慵懒的理由，随波逐流。

可是，幸福的人真的是因为他本来就拥有很多幸福吗？不，不是这样的。每个人都有着各自的烦和恼。就像我，也未必像你想的那样，生活里每天都是花开簇簇，一派明媚的。我昨天跑步时，还摔了一跤呢，一只膝盖血肉模糊，肿疼得我一夜未曾合眼，我将要休养一段时间，才能外出。然我并未过分懊恼，我想的是，幸好，摔得还不算太重，没有伤着骨头。幸好，没有摔着我的脸。这么一想，我当然很开心啊，我得感谢冥冥中的眷顾呢。我也感谢绊我的是路基，它只是高低不平而已，幸好，它不是一块大石头。

是，我有苦中作乐的本事。因为我知道，抱怨、懊恼和哭泣，是一点作用也起不到的，反而会弄得自己心情更糟糕，让自己面目可憎。有时，还会影响到身边人的情绪，使他们的心情，也蒙上一层灰。——坏情绪是会传染的，就像病菌一样。你说，这有什么好处呢？除了让生命的质量降低，把快乐和幸福白白浪费掉之外，还真是一点益处也没有的。

我也有痛，有泪，有不快，但我，绝不会让它们成为我的主宰，我用大把大把的热爱，来抵抗它们。要做到这样的热爱，并非难事，但你却做不到。那是因为，你已丧失了热爱的能力，你热爱的那根神经，在庸常中，麻木了。

余好，恕我直言，这对人生来说，有些可怕。一个人倘若没有了热爱，这就像一截枯木，喑哑在岁月里，还有什么生机可言？幸好，你也发现了这一点。幸好，你还有着热爱的欲望。那么，从现在起，你就尝试着去热爱，可好？一点一点的，慢慢来。

先从爱自己开始。改变一下发型，买几件好衣裳，给自己焕然一新之感。多到人群里去走走，把自己想象成一朵花。买点绿植回家，从小芽芽开始，看它们一点一点抽枝长叶，养养自己的眼，养养自己的心。每天对着镜子，送自己一朵微笑，说一声，我喜欢你。每天花一个小时锻炼身体，慢跑，快走，哪怕就是原地伸伸胳膊踢踢腿也好。总之，要让自己动起来。《吕氏春秋》里有“流水不腐，户枢不蠹”之句，我甚是喜欢。说的是经常运动的事物，不会受到侵蚀。这道理应用在我们身上，同样行得通。你动起来，不但可以使身体健康，它也能使你的生命，散发出勃勃的生机。一个爱运动的人，他总显得神采奕奕。

爱自己的同时，也不要漠视身边的事物。从一声鸟鸣开始，到花朵的绽放，到天上云彩的飘动，到山川河流的庄严；从婴儿甜美的笑容，到邻居的问候，到朋友的相见，到老人脸上的皱纹里，蓄着慈祥的波……你慢慢试着去感受。那么，你的心，会一日一日变得柔软。

余好，就从当下做起吧，不要多，每天只要热爱那么一点点，你热爱的能力，将会慢慢回到你的身上。过些日子，你再看生活，那些细枝末节里，都藏着无限的美和趣味，你会越来越越来越感念这人生，并深深眷恋上。

# 爱上平庸，并努力开出花来

颜，你说你是个资质平庸的孩子，在一所普通高中念书，成绩不好也不差。然父母对你寄予厚望，他们无微不至的关怀，常让你觉得喘不过气来。你不想这么平庸下去，你很想创造奇迹，做一个优秀学生，让父母高兴。然又茫然着，奇迹哪是你这种学生能创造出来的呢。你为此，暗暗生着自己的气，却丝毫改变不了什么。

亲爱的宝贝，请原谅我，读到这里的时候，我笑了起来，我怎么看到一个有点可爱有点稚气的孩子呢？她很想给自己插上一对会飞的翅膀，能在突然间凌空飞起，叫人仰望、惊叹、羡艳，可是，人不是鸟，哪里会飞！她失望极了，大大的眼睛里，满是委屈。

我想给你讲另一个孩子的故事。她的青春，可真够难堪的。她家境清贫，貌相平常，没有什么能拿得出手示人的。更让人着恼的是，她成绩也不好。对物理学科，尤其惧怕，每次考试，试卷上多的是红叉叉。这样的女孩子，完全是只丑小鸭。青春一节一节在长，可是，却没人在意她。

学校分快慢班。她自然，被分到慢班去了。所谓慢班，就是那些考试成绩靠后的，被编排到一个班上。这个班的学生，调皮捣蛋的多，自暴自弃的多，不爱学习的多。俗语里讲，坏木头浮一块儿。对，有人把这个班的学生，称作“坏木头”。老师们都不大待见，课是上着的，私下里，却都有抱怨，对这个班的态度，多半是放任着的。就像放任野地里的草，任它们自生自长。

学校把学生如此划分等级，肯定是不公平。可成绩靠后，却也是事实。每天，看着快班学生，跟骄傲的白天鹅似的，从慢班门前的走廊上昂首走过，她的心里，可真是自卑得恨不得真的变成一棵草。那个时候，她做梦都想变成快班中的一员啊，想让面朝黄土背朝天的父母脸上，因她，而有着荣光。

然等她每每扬起点斗志来，随即却又泄了气。她想，像她那样平庸的孩子，哪里有资格腾飞！她得过且过着。直到有一天，她在教室后面的墙脚下，发现了一簇蒲公英。那是终年见不到阳光的阴山背后啊，可是，那些蒲公英们，却硬是撑起了一朵朵的黄，仰面朝天，笑得又自豪又明媚。她掐下一朵黄，夹进了自己的书里面，暗暗对自己说，我也要做一朵会开花的蒲公英。

她把自卑的时间，用来读书。她把伤神羡慕别人的时间，用来做习题。她每天比别的孩子起得早，为的是多背几道历史题。她每天比别的孩子睡得晚，为的是多看两行书。她还给自己买了本日记本，每晚临睡前，把一天做的事，一一写在上面。她说，如果是只笨鸟，那么，我选择先飞。每一天，她都没有虚度。每一天，她都在进步中。那期间，她读了很多书，这样的读书经历，后来助她走上了写作之路。

没错，那个孩子，就是曾经的我。是你眼中现在的成功者——梅子老师。她曾有着和你一样“平庸”着的青春，却在平庸里，让自己开出花来。

颜，你说什么是奇迹？我以为，能够战胜自己的懒惰、沮丧、灰暗，能够爱上平庸，关心每一步的成长里，有没有烙下自己的印迹。时光没有辜负，内心活得充实，每天进步一点点，那就是在创造奇迹。这样的奇迹，你也能拥有。我相信，有一天，终有一天，你会开出属于自己的那朵花的。

# 生活绝不是在绸缎上绣花

苗宇，你好。

想你，该是个帅气的小伙子吧？阳光，明朗，一身朝气。我希望是这样。年轻人就该有年轻人的样子，不要让暮色，及早地爬上脸庞。

大学毕业，别的同学忙于考研，你没有。你说你对考研提不起一点兴趣，除了再多浪费两年时光，换得一张研究生文凭外，别无用处。世界多大啊，你想去走走。你亦想早点进入工作模式，一年赚上个百儿八十万的，想去哪就去哪，想怎么潇洒就怎么潇洒。彼时的世界，在你的眼里，处处流淌着黄金，似乎你只需一弯腰，就能捡个满怀。

你拒绝回家乡。你对家乡的那个小城，很是不屑，它古板，小富即安，不思进取，这都不对你年轻的胃口。你想靠自己打拼，闯出一片天下，干出一番事业来。你首选是北京。大都会，镂金雕银。好多人的梦想，都是在那里开花的。你当然也想。

你与多人合挤在一间租住房内，上下床。饿了吃泡面。最拮据的时候，你啃过冷馒头。你投了几百份简历，面试电话断断续续来。但你很挑，因为那些工作都不是你想象中的高大上。最后，无奈何，你只得去了一家文化公司。

待遇仍是不高，一个月只有三千块多一点，扣除掉交房租的钱，扣除掉吃饭和交通费用，所剩无几。且这份工作，没日没夜地做，还落不到好，常被主管批得体无完肤。你忍，才知社会不是你梦想中的那么步步生花。

这份工作持续了半年，你觉得无趣。整天追在作者后面要稿，挖空心思写文案，这很不对你的路子。也有违你当初的雄心壮志了。你便从北京，跑去上海，你认为上海的机遇应该更多。

在上海，你重复着北京的求职经历。一张普通的本科文凭，对付厚重的现实，实在轻如鸿毛。你想进一些好的企业和公司去，难。也只能退而求其次，最后，你谋得一份一家医药公司网络编辑的工作。工资待遇也还是差强你意，光应付房租和吃饭，你的囊中，已变得很羞涩。你在那里待了八个月后，就又转身走人。

这一回，你跑到广州去。在广州一晃一个多月，用光身上所有积蓄，你还不曾找到合适工作。你靠父母支援，硬撑着。父母这时对你发话了，让你回家考公务员。他们对你的愿望是，赶紧找份稳定工作，让自己安顿下来。你不愿回去，你说，考上公务员，一生也就望到底了，没有任何挑战性。

你与父母的矛盾，就此产生。父母恨你不听话，你烦恼着他们不理解你。你说你的命运你想自己做主，你想过自己想要的日子。我听出这话里，你的底气，已明显不足了。刚出校门时的雄心壮志，已被现实的犀利，分割得七零八落。你有些犹疑，不知该往哪里走。你说想听听我的意见。

苗宇，我说了你不要不高兴呀，你让我想到一个词，年轻气盛。还有一个词，好高骛远。年轻人身上的特质——敢闯，这是令人欣慰的。趁着年轻，多走一些地方，多些经历和阅历，是值得赞许的。但人不能永远漂泊在路上，我们最终寻找的，还是一个安身立命所在。我很想问问，亲爱的孩子，你准备拿什么来安身立命呢？你想要的日子，又是什么样的？——你怕是回答不了。因为，你根本不知道答案是什么。你对自己缺少明晰的认识。

这世上，收获与付出，是对等的。你想收获到什么，必须首先清楚着，你能给社会提供什么。有多大的能耐，做多大的事，天上不会掉馅饼，地上也没有铺满黄金。要想在这个社会上有个立足之地，你必须拥有一定的资本。这个资本，包括情商、智商和相当的才华。在不断行走的过程中，你要不断储备才是。一定要明确自己想要什么，擅长做什么，而不是东一榔头西一棒，全由着自己的性子来。到头来，虽说你也走过很多地方，阅过很多风景，然那些地方还是别人的地方，那些风景还是别人的风景，你连一根羽毛也不曾留下。你说，这样的漂泊与闯荡，有意义吗？

苗宇，我以为，你目前要解决的，第一件顶顶要紧的事，就是找到养活自己的办法。这很重要。一个四肢健全的年轻人，连自己都养不活（还要靠父母接济），就遑论其他了。你要试着让自己的眼光降低一些，落到现实的土壤中来，看清自己到底有多大才能，然后找到适合自己的位置，并一心一意待它，努力在这个位置上，把你的潜能发挥到最大。这样，你或许能走出一条宽阔大道来。北京、上海和广州已经告诉你了，生活绝不是在绸缎上绣花，它是遍布沙砾与荆棘的。

你还须努力地充实自己。无论你做什么工作，回家考公务员也好，继续漂泊也罢，你都不要忘了读书。读书会让你站得更高，看得更远，会及时补充你的贫瘠和不足，让一些改变命运的机遇，不期而至。

你还要努力做一个有意思的人。有一项或几项兴趣爱好，比方说，喜欢打球、游泳，或徒步行走。比方说，喜欢音乐或书法。一个人有着自己的兴趣爱好，这个人才不会让人觉得乏味，也才能保持精神焕发，内心充盈。他会因此赢得好人缘，为他的事业，插上飞翔的翅膀。

# 梦想是挂在云朵上的铃铛

亲爱的梅子老师，我很喜欢您的文字，我买了很多您的书来读，还做了很多的摘抄呢。我也热爱写作。我现在读初二了，我想发一些习作给您，您给指导一下好吗？我想成为一个和您一样的作家，您说我能实现这个梦想吗？您会帮我吗？期待您的回答。

——小丸子

小丸子，你这封信真是太有代表性了，我每隔几天，就会收到一封这样的来信呢。我常常不知怎么答复才好。习作你是可以挑一篇两篇发过来给我看，也只能这么多了哦。要知道，每天我都会收到一些习作，我还真指导不了。也没有太多时间指导，我毕竟也有很多事要做的是不？这个真抱歉啊宝贝。

我想跟你聊的是，梦想。梦想是什么呢？对于你这么大的宝贝来说，梦想它是挂在云朵上的铃铛呢，它清脆的丁当声，时时隔着云端传过来。美妙清扬，却又遥远着。

我也曾是你这般年纪，因家境贫寒，我自卑，性格内向，只蜷在自己的小天地里，做着自己的梦。和你一样，我十分热爱阅读，但梦想不是当作家，而是做个摆书摊的人。那样，我就天天有书可看了。

有一次，我们学校请来一个演讲团。演讲团的成员，都是些大学生。讲的什么主题我忘了，反正挺慷慨激昂热血澎湃的。演讲完了，有个男孩子和女孩子，当场给我们演唱了一首歌，唱的是《外婆的澎湖湾》。那女孩子唱得棒极了，让我们着迷得很。我几乎是在瞬间生出崇拜，我要做这样的女孩子，能站到舞台上演讲、唱歌。

我跑到礼堂的出口处，等着，我看到演讲团的一行人出来。那女孩子也出来了，不是远远看着的那么美，她脸颊上卧着块疤痕。我有点意外，但不妨碍我对她的崇拜。我默默跟着他们走，一直走到他们登上了来时的车为止。

我至今想不明白我的动机是什么。只是觉得，自己的天地被洞开了，不止摆书摊那样一桩事，值得我心心念念的了。——外面的世界，应该更大，我还有更多的梦想，更多的可能，谁知道呢！当然，最后正如你现在知道的一样，我没有站上舞台演讲、唱歌，而是走上了写作的路。

嗯，说了这么多，小丸子你是不是被我绕晕了呢？宝贝儿，你热爱阅读，热爱写作，真的是非常棒的爱好。我好希望我们每个人都能像你这般，如此热爱，并且能够持续下去，成为终身的热爱。那么，我们整个的人生，一定会因此变得更为富有、智慧、明亮和清澈。

只是小丸子，我们有时热爱一桩事，并非带着目的性，一定要怎么样，非要怎么样不可。热爱是发自内心的一种行为，是因为你喜欢，是因为这样你就很快乐。那么，我们就这样热爱着，不是很好么？至于最后的结果是什么，管他呢。或许你会成为作家。或许不会。这都无关紧要了。——到那时，说不定你成了科学家呢，或是工程师呢，或是设计师呢。

我们要有梦想（这个很重要，没有梦想的人生好苍白的），但，不要纠结于这个梦想的结果。那是时间老人才能回答的问题。你只管顺着你的心意走下去，努力着，忠实于你内心的欢喜。走着走着，你就会发现更大的世界，更大的天空，你或许会相遇到更有意义的事，更值得你为之奋斗终生。也或许，你不改初衷，走着走着，一不小心，就成了作家。

# 让废墟上开满鲜花

琳琳（化名），一个在大地震中幸存的五岁女孩，在等待救援时，她在废墟下唱歌，缓解害怕和疼痛。我应报社之邀约，给她写信，并随信寄去了一些花的种子。我好希望有人能协助她，在废墟上，亲手种下那些花的种子，让它们开出鲜艳和明媚，那是活着的希望。

事隔经年，小琳琳，你还好吗？

——题记

琳琳宝贝，一个晚上，梅子阿姨都在思量着，该如何给你写这封信。

此刻，已是凌晨。在遥远的江苏，梅子阿姨所在的小城，万籁俱静。连虫子的鸣叫声，也小了下去。一个天，一个地，都在安睡。琳琳宝贝，你也在安睡吗？

曾经，梅子阿姨多想有个女儿，像你一样的，扎两根小辫子，一脸清秀。也像你一样的，聪明伶俐，会唱很多很多的儿歌。只是不知道，她若突遇灾难，是不是也如你一般坚强，用歌声来感动这个世界。——梅子阿姨好希望，她是。

是的，宝贝，你让这个世界感动了。废墟之下，你童稚的歌声，成为千千万万人心中的天籁。宝贝，你是一个奇迹，你是上天赐给人类的珍贵礼物。

呵，说到礼物，梅子阿姨也给你准备了一份。宝贝，我们先来猜猜那是什么？——嗯，你肯定要猜的是书，是玩具，是衣裳，是糖果。哦，不，不，不是的。这些礼物对你来说，已不足为奇，太多了，几乎每天都有这样的礼物飞到你身边。梅子阿姨要送你的，是一些花的种子。是我特地跑去花店买的。跑了好几家呢，才找到这一些。

这是一种很坚强的花，它的名字很好听，叫太阳花。民间又叫它们“死不了”。只要有一点点土壤，有时，没有土壤也行，哪怕就一点点水，它们也能顽强生长，快乐地开花。花一开就是一大片，红的、黄的、白的、粉的……一朵朵，欢天喜地，明亮灿烂，朝着太阳。像你的小脸蛋。

梅子阿姨的童年，几乎是与这种花相伴长大的。那个时候，梅子阿姨家里很穷，日子过得很艰难。可是屋子周围，却自生自长着许多的太阳花。它们一朵一朵，争相开着，像落了一地的小粉蝶。它们让阿姨贫穷的日子，充满明媚。只要有花在开，再艰难的岁月，也会度过。

记得梅子阿姨十岁那年，突然生病，一病就病了好长时间。天天躺在床上，白天连着夜晚，时光真是漫长，漫长得望不到尽头。梅子阿姨的妈妈，就用碗装了一些太阳花，放到我的床头，让花陪着我。我数着那些小花儿，再不寂寞。它们一朵一朵，很努力地开，不因局限在小碗里，就失去盛开的勇气。一抔泥土，也可以成为它们的乐园。

琳琳小宝贝，现在，梅子阿姨要把它们送给你，愿你也如它们一样，顽强地生长，快乐地开花，给这个世界，带来更多的明媚与绚烂。别看它们现在尚是一粒粒黑色的小种子哦，它们里面可裹着姹紫嫣红呢。只要你把它们丢进土里面，它们就能迅速地出芽，抽枝，长叶，开花。一开一大片，能从夏天，一直开到秋天。

梅子阿姨祝愿，你的小手，能种出一片希望来。只要希望在，一切都会好起来的。

祝福亲爱的小宝贝。愿你快乐成长！

## 机遇只垂青有准备的人

我为什么觉得上课无聊呢？是因为老师课讲得不好。

我为什么以前喜欢的学科，现在不喜欢了呢？是因为换了老师，那个老师我不喜欢。

我为什么老考不好呢？是因为，考题总是出得太偏。

我为什么不喜欢学习呢？是因为，我的学习环境太差了。

我为什么没出去跑步呢？是因为没有一双舒适的运动鞋。

我为什么发胖呢？是因为遗传基因，我妈本来就胖。

我为什么老提不起劲呢？是因为生活缺少惊喜。

我为什么很少成功呢？哦，天，是因为我的家庭背景太一般了，没有人相帮。

我为什么一无所长呢？是因为机遇总不光顾我，我对世界太失望了。

……

柚子，我们总是找着各种各样的借口，为自己的懒散和堕落开脱。就是从没想过，现状的种种，都是你自己造成的。是你自己开始懒散了，是你自己开始堕落了，是你自己把自己给荒废了。

你的心不在课堂上了，你的思绪信马由缰了，你集中不了注意力了，听不进去课了，才会觉得上课无聊。就算是老师课讲得不算好，那别的同学怎么上的课？再说了，你完全可以一边听讲，一边提问，哪有时间无聊？

以前喜欢的学科，现在不喜欢了，那只能说明，你的喜欢，还是太浅。若真心喜欢一样东西，定会矢志不渝，不轻易改变和放弃。

你考不好只是你不够用功，不够勤奋，水平还欠而已。承认这一点死不了人。那就下把劲，好好努力呗。

什么是好的学习环境？高堂大屋？还是金碧辉煌之殿？抑或精致幽静，有竹影扶疏？宝贝，你能不给自己找借口么？你不过是想偷懒而已。“凿壁偷光”和“囊萤夜读”的典故，虽说有点夸张了，但历史上却不乏那些寒窗苦读勤奋刻苦的人。而今也还有。我曾路遇一建筑工人，捧着书在路灯下读。有些贫困山区的孩子，无纸墨可书写，拿树枝在地上书写，照样把一本一本的书读了下来。

没有运动鞋，就跑不成步了吗？布鞋子也能跑。赤脚也能飞奔。只要你想运动，随时随地都可以。

你发胖是因为你馋你懒你怕动，别总赖在你妈身上好么。你如果能管住自己的嘴，不那么贪吃。你如果能多迈开你的腿，在能站的时候，坚决不躺着。在能走的时候，坚决不坐车。你还会发胖么？记住，懒人才最容易发胖。

罗丹说：生活中不是缺少美，而是缺少发现美的眼睛。我想换一种说法也一样：生活中不是缺少惊喜，而是缺少感受惊喜的能力。宝贝，你尚年轻，心已钝化了，生了锈了，这很不好。我替你愁着，你拿什么来配你的青春？

若所谓成功都靠家庭背景才能取得，那不叫能耐，那叫寄生虫。总想坐享其成，吃落地桃子，那怎么成？所有的花开，都是努力的结果。生命的价值，是在努力中实现的。

柚子，从来机遇只垂青有准备的人。不要再说对世界太失望了之类的话了，那很好笑的，焉不知，世界对你更失望呢。只有自己好好努力，把生了锈的心，擦拭明亮了。把想懒散和堕落的借口，统统焚烧掉，让它们化成灰，化成给养，你才能活出一个全新的你。

祝你进步。

# 草芥生花

梅子你好，我看过你很多文字，博里的，书里的。

我们同是老师，同是文字爱好者，可我没你那样幸福，没能从细小的事物中找到内心的快乐。

你的文字，给我的感觉是“草芥生花”。你有幸福的家庭生活，你有开心的人生旅途，你的工作也是美丽的，幸福的。

可以了，足够了，一个女人活到这个分上，真的，很幸运，很荣光。

……

我感兴趣的是，你真的如你所展示的那样幸福吗？你的日常生活怎么就那样滋润美好？

每次看你的文字，我都十分羡慕，羡慕你可以这样一如既往地写东西，可以坚持初心和坚持自己对生活的看法。

你的生活应该也是一帆风顺的，从学校到学校。都说顺利的人，往往不够丰厚，不够定力，可你那么坚定地朝着美好走下去。是什么给你动力？——爱情？工作？文字？还是心理强行生成的彩虹？

我很想知道。

——一位仰慕你的同行

不知怎么称呼你，我就叫你生花老师吧。

你好，生花老师。很高兴你从我的文字里，看到“草芥生花”。生活虽有着太多寻常，但我一直努力地，让我的每个日子，都能生出花来。

你说我很幸运，很荣光。我拥有幸福的家庭、美满的生活，还能不断行走，在行走中，收纳和捡拾风景无限。你由此断定，我的生活一定是“一帆风顺”。

这你说对了。我从来不曾认为我是个倒霉的人，即便在出现挫折，路遇艰难时。我们绝大多数人的生活，不都是一帆风顺的么？——没有天灾人祸，没有杀戮和仇恨，没有战争、逃难和死亡，我以为就是大幸运。

也许你会说，不，我们有多多的烦恼，淹没掉我们的生命，细小的事物，已很难激起我们的快乐了。——这只能说，是你们感受生活的能力降低了，怨不了生活本身。日月星辰，就是日月星辰，它们就在那里，没有对谁多照耀一点，也没有对谁少照耀一点。山川河流，就是山川河流，它们就在那里，没有因谁丰腴，也没有因谁消瘦。天空和大地，多么公平，一样的阳光，照着你，也照着我。一样的细雨，润泽着你，也润泽着我。一样的花红柳绿，温暖了你，也温暖了我。你说，谁比谁更走运?

人世间有苦难千万种，但每一种苦难的前头，都有着更大的苦难。就像我摔了跤，伤了膝盖，肿疼了好些天。我却庆幸着，比起那个摔断了腿的，还有那个摔破了脸的，还有那个摔破了头的，我不知要幸运多少倍呢。苦难的降临，是为了避开更大的苦难，——这么一想，你正承受的那点小烦恼，又算得了什么?害耳朵的，胜过害眼疾的；害眼疾的，胜过断了腿的；断了腿的，胜过半身不遂的；半身不遂的，胜过得了绝症的……这世上，总有更坏的结局存在。而你拥有的，永远不是那个最坏的。所以，庆幸，释然，而后，自我满足。

花朵的明媚和鲜妍，常常让我们忽略掉它背后付出的努力。它也是一样经受了风雨侵蚀，经历了漫长的准备——抽枝、长叶、含苞，忍受了绽放的疼痛。尘世中，真的没有事先铺好的锦绣之路，一辈子任你花团锦簇，无有患忧。当然，我不否认，的确有少数的幸运儿，他们生在钟鸣鼎食之家，不费吹灰之力，就拥有了财富、地位和尊贵。然尘世众生万万千千，又有几个会相遇到如此荣宠？再说，即便是这样的人，一生中也难免会有起伏呢。历史上，不乏这样的例子。几番风云突变，朝代更改，一切都化为乌有。靠谁也靠不住，只有自己不断修炼自己，丰富自己，把自己打造得能屈能伸，风雨不动安如山，那才是最保险的。

我曾说过一句话，生活赐予我的，无论好的，坏的，我一概慨然接受。因为，我没有办法对生活挑肥拣瘦。当不顺降临时，我不回避，或是坐以待毙束手就擒，而是尽着最大的努力，从不顺里，另辟出一条路来。即便有时什么也改变不了，但我还可以改变我的心情，不让它陷在沮丧和茫然里。沙漠里不是也有沙漠玫瑰开么？有什么可怕的呢，地球是圆的，哪里真的会山穷水尽。

你问我是什么给了我动力，让我那么坚定地朝着美好走下去。我的答案是，爱。我爱这个世界，无条件地爱着。我这一副寻常的血肉之躯能暂居其间，真是莫大的恩泽了。我感恩！它让我保持着旺盛的好奇心，和源源不断的快乐。我常对自己说的是，没什么，一切都会过去的。没什么，这样，已经很好了。

你若对生活报以微笑，生活回报你的，必将是美好。

# 做棵拥抱太阳的向日葵

宝贝你好。你该叫我梅子阿姨才是，因为，你还没有我的孩子大。他现在还在我的庇护下，而你，已独自闯荡江湖好几年了。想想，有点替你难过。

记得你曾给我发过一组图片，图片上有我的书，和你摘抄的我的文章，字迹端端正正。还有一张你的大头照，白衫，大眼睛，笑得青涩的。当时我还在心里面叹了声，好俊的一个小男生！后来，你又录了一首歌给我听，声音也脆也甜，带点童声。其实，这个时候，你已独自在外，挣钱养活自己了。

我也并未十分在意，只道你是个阳光幸福的孩子。这样的孩子，又兼爱读书，运气一般都不会太差，他会顺着一般孩子成长的轨迹成长，念完初中读高中，接着读大学，然后工作、成家，有着自己的岁月静好。

直到有一天，你给我发来几则留言，你说，姐姐，我想和你说说话。你没头没脑说自己特别笨，笨到别人对你说了一两次甚至好几次的话，你都听不懂。你说你一个人到了北京，发现自己一无是处，对不起自己，更对不起家人。你说你过得很盲目。你说你不想每天过得无所意义。你说你到北京有一个目标，就是赚五万块钱回家，给家里老人操办六十岁生日宴。

我听了有些生气，我想着现在的小孩真是功利世俗得可以，怎么就想着赚钱呢？我给你的回复里，就有了责怪的意思。我说，宝贝，你还好小啊，这么大还该坐在课堂上读书而不是挣钱。挣钱是需要底气和技能的，你得先读书学习着，掌握了一项或几项技能才行。

你的信很快到了，手写的，话语凌乱。可见你写的时候，心情也是这般凌乱着吧。我从那堆凌乱里，理出了你的故事：出生时就被亲戚家抱养，亲生爸妈很快又有了孩子，一个弟弟，一个妹妹。弟弟妹妹在爸妈的疼爱下长大，你却少有这种疼爱。养父母一家对你还好，然养父母一家甚是潦倒不堪，你读书读到初中毕业，就无钱继续念下去了。找亲生爸妈要，爸妈回你，没钱。你不想让养父母一家再为你受苦受累，就跑到外面打工了。从深圳，一路辗转，到了你向往的北京，现暂寄身于一家火锅店里，做着小服务员。

好吧宝贝，路既然已经开始走了，那么，咱就尽量把它走好了。不要再纠结于过去的种种，去想那些不快乐的人和事，你只要多想想养父母一家是爱你的，这就够了。爸妈的事，就暂搁一边去吧，毕竟你们没有共同生活过，感情上是有疏离的。有时我们得原谅人性的弱点，努力让自己变得强大起来。

在火锅店里打工，也并非如你所说，一样东西都学不到。想一想，那么多的调料呀菜蔬呀酒水呀口味呀，都是你手底下的"兵"呢，你将一一熟识它们，这也是生活积累之一种。又每日里迎来送往，诸色人等从你跟前走过，时间久了，你也是阅人无数的。阅人，也是一门学问。当然，你不会长久留在火锅店，你会离开那里，去做别的事。所以，更深人静时，你不妨好好想想，自己到底喜欢什么，能做什么，给自己一个职业规划。等积攒了一笔钱，赶紧去弥补，去学习，一步一步，朝着那个方向努力。各行各业，缺的不是人，而是人才。只要你肯努力，肯钻研，让自己成为一个"人才"，到那时，你今日所苦恼之事，也都不成为事儿了。

宝贝，别泄气，也别着急，你还年轻得很，有的是年轻做资本。我要关照你的是：一、不做违法和违德之事。二、不伤害自己。比方说，自暴自弃，也是伤害的一种；比方说，让自己每天纠结于过往，不得开怀，也是伤害的一种；比方说，浪费青春，得过且过，也是伤害的一种。三、千万

不能放弃学习。有时间就看看书吧，你并不知道哪些知识对你有用，但，书读进去了，总没有害处。谁知道播下一颗种子，什么时候会开出什么花呢？意外惊喜随时随地都可能发生。

宝贝，你的昵称是“拥抱向日葵”，我很喜欢。但我更愿意你就是棵向日葵，一棵拥抱太阳的向日葵。

# 成长是流淌着的一条河

杏子，看你的信，让我想到曾看过的一幅小画：一朵小黄花，在一堵墙的墙脚下，踮着脚尖，努力向上昂着它的小脑袋。一墙的斑驳肃杀，被它衬得很是典雅。我想那里地不肥，土不沃，阳光也少有眷顾。可是，它不在意，它只努力活着它的，到它盛开的时候，它端出一朵金黄来，不让春风。

这是一朵小黄花的成长，它是卑微的、渺小的，然它又是强大的。成长，本身就是一件很强大的事。

比如，我们的成长。也卑微，也渺小，然又是不可抗拒的。成年后，我每每回故里，我的乡邻，总会拉着我的手，不住瞅我，而后感慨地笑着叹："梅你还记得你坐在地沟头，抬袖子抹鼻涕吗？谁知道一转眼，变得这么出息了。"

记忆里，那个金灿灿的童年还在闪亮啊，夏夜的天空，星星密布得像撒落的米粒。虫子们在草丛里唱着歌。风轻轻吹来田野里的稻花香。祖母摇着蒲扇，讲那些老掉牙的故事。故事里的白胡子老头，神通广大，若讨得他的一颗仙丹吃，会长生不老。我会老么？我不大相信，那实在是太过遥远的事情。我扔下说故事的祖母，跳着去追萤火虫。头顶上的星星永远那样繁密。墙脚下的花永远那样开着。门前的树永远那样长着。我的故园，永远在着。我以为，此生此世，永远都是那般模样。

但时光的河流，已不知不觉流过百里千里去了……十岁的少年，因母亲的责骂，愤而离家出走。能走到什么地方去呢？离家不过二三里远，眼中所见的，却是一片茫然的陌生。正站在路边手足无措地哭泣，突然听到母亲的呼唤，远远传来。是暗里头，突见到光亮，哪里还记得生气？一头扑过去；十二岁，和一帮同学，逃课去看电影，回来，气得绿眉毛绿眼睛的班主任，正候在教室门口。一边低头听他训话，一边在心里窃笑，电影的场景，百回千转着的，又兼着逃课的乐；十六岁，暗恋一个人，恋得心口疼，不能说出，只能咬着被角偷偷哭泣。母亲问，怎么了？撒谎说，肚子疼呢。

成长的路上，总要历经一些茫然、叛逆和忧伤，才慢慢变得像颗果粒一般成熟。

我的一个学生，课后塞给我一张小纸条，纸条上写满她青春的凄惶与无助。家境不好，长相不好，成绩不好，因而活得很自卑，她不知道她的明天在哪里。我在那张纸条上回，我说宝贝，笑一笑，明天交给时间去吧，你只要管好你的今天就行了。成长是流淌着的一条河，水面倒映着的，就是你的人生。你对着它哭，它就对你哭。你对着它笑，它就对你笑。学会笑对人生吧宝贝，让你的今天无憾，也便足够了。

曾很喜欢一首歌："记得当时年纪小，你爱谈天我爱笑。并肩坐在桃树下，风在林梢鸟在叫。不知怎样睡着了，梦里花落知多少。"这样两小无猜的光阴，这样落花无忧的时光。杏子，我希望你，一直都能记得。你且不要去害怕成长，亦不要伤感世间虚假太多，你只要怀揣着一颗真诚之心，跟着岁月的河流，向前走着就是了。遇山越山，遇水涉水，只要你不停下脚步，再多的迷茫和忧伤，都会走过去的。

# 每一天都有春暖花开

若，你写信对我抱怨，你说生活怎么总是这么无趣无聊，饱暖之外，真不知还能干啥。日子永远是一成不变的一副面孔，无关痛痒喜乐。

我的第一反应是，你的命真好。多少人还奔波在为了一日三餐而打拼的路上，你早已衣食无忧了。这是多大的福泽和恩典，可惜你不知道。

我想起我的老祖母来。她出生于民国初年，历经战争、逃难和饥荒无数。小时我们因日日吃胡萝卜稀饭，而嘟着小嘴，一脸的不乐意。我的祖母会说，伢呀，有饭吃就该感谢老天爷了，人要知足啊。后来，我们能吃上大米饭了，饭粒掉在桌上，亦不可惜了。我的祖母一一捡拾起那些米粒，她说，一粒米七碗水，糟蹋了会遭到天打雷劈的。

一粒米七碗水，我记住了她的话。她让我对万物都存有敬畏，亦让我懂得，人要惜福。因有了爱惜，生命才有了厚度和庄重。亦因有了爱惜，也才有了欢喜心。

若，你欠缺的，正是一颗欢喜心啊。

你会被一朵花感动吗？那一朵，开在山涧边。乱石杂草之中，它撑着一张黄艳艳的小脸蛋，笑得眉目飞扬。抑或是，开在深秋的寂寞的林中，橘红的一朵。满目的枯败之中，它是不可言说的鲜丽。不，不，也许，它就开在你日日走过的路边。一朵蒲公英，或是一朵一年蓬，那么纤弱，又有着天真的美。想想，它该是飞奔了多少里路，才从乡下跑过来的。生命是这么倔强和鲜妍，该好好爱着才是。

你会因一朵云而停一停脚步吗？是在清晨，天上一朵云，正长成蘑菇的模样。抑或是，午后，上班的路上，玉兰花一样的云朵，开满了天空。又或是，临近黄昏的时候，天上的一朵云，像一只白色的大鸟张开翅膀。而更多的云，像海浪，它们前呼后拥着，奔向天际去了。宇宙多浩渺啊，一想到我们也是其中的一个，真是感激！

你会因春风细软，心里微微一动吗？细雨点洒落在光秃秃的柳枝上，一点一点，催生出鹅黄的柳芽。一个桃红柳绿的世界，又将如画卷一样，摊开在你的跟前。大自然里，隐藏着太多神奇，怎不叫人喜欢！

你会因孩子的蹒跚学步，而笑着相看吗？他摇摆着小胳膊小腿，带着无限的好奇和欢喜，一一去认知这个世界。如新冒出的笋。人之初，原都是这般鲜嫩，无与伦比。莫名的感动，会涨满你的心间吗？你也曾如此鲜嫩过啊。世界因这样的鲜嫩，多出多少的柔软和美好！

一对老人相携着缓缓走过，他们的白发映着白发，皱纹映着皱纹。看着他们相依为命的背影，你的眼睛会温润吗？他们一生中也许未曾有过海誓山盟，可走到人生的黄昏，还能执手相牵，已胜过世上最美的誓言。

你想过分享吗？看到好的景致，吃到好的食物，读到好的书，听到好的音乐，你都想告诉他人。冬日晌晴的天，突然闻到一阵腊梅香，你的心里跳出欢喜，你很想发信息告诉远方的一个朋友，你说，腊梅花开了。走过某个街角，看到卖竹编小物什的。你就那么愣了一愣，微笑慢慢爬上你的脸，那久远的手工艺品，让你一下子回到童年去，那时的乡下，多这样的手工艺品。你想也没想，就拨动了一个人的电话，你告诉她，你看到竹编小篮子和小筐子了。因为你知道，她甚是喜欢这些传统的手工艺品。

分享，会把一个人的快乐，变成两个人的。会把一份欢喜，变成两份的，甚至三份四份的。日子因分享，会变得格外有趣和喜乐。

你会给自己奖赏吗？因顺利做完了手头的事，而奖励自己一趟短途旅行。因认真付出，有了额外所得，而奖励自己半天闲暇时光，不谈俗事，只是发呆，和时光对坐，听风听雨听鸟鸣。因慷慨的给予他人，而给自己的善良献上一朵花。因平安健康，而奖励自己去看一场电影。若，爱自己也是一种能力，特别特别超强的一种能力。只有很好地爱自己，才能更好地爱他人，爱这个世界。

我们都有流泪的能力抱怨的能力，却渐渐丧失了爱的能力。

若，请学会爱吧。就从爱一朵花开始，爱她的含苞、盛开、芬香和凋落。当花瓣零落在地上，风吹过最后的香，她会化成养料，滋养着那方土地。来年，又将有花朵明媚。这样想着，怎不叫人感激万分！

只要你肯去爱，每一天都有春暖花开。

# 每个人都有一个属于自己的树洞

亲爱的丁当宝贝，我想给你讲个有关树洞的故事：

传说在很久很久以前，有一个国王，因长久的情绪郁结（为了保持国王的威严，他有了心思从不对人说），患上了一种怪病，好好的耳朵，突然间长啊长啊，竟长成了一对驴耳朵。这个秘密除了国王自己知道外，再无他人。国王为了掩盖这个秘密，不得不整天披着他长长的头发，戴着他重重的王冠，来遮住他的一对驴耳朵，睡觉了也不敢把王冠摘下。

然而，有一天，国王的这个秘密，却不小心被一个理发师发现了。理发师大吃一惊，这真是个天大的秘密啊！他多想告诉别人，又怕被国王杀掉。因为，国王威胁他，如果再有第二个人知道这个秘密，他的脑袋肯定要搬家。

理发师从王宫回家后，就一副愁眉不展心事重重的样子。家人追问他到底怎么了，理发师坚决不肯吐露半个字。就这样，国王的秘密，像一块巨大的石头，压在理发师心上，他做什么事都无精打采，他快被国王的秘密，折磨得疯掉了。愁苦中，他走到一个森林里，遮天蔽地的树木，让他的情绪，渐渐平稳。这时候，他看到一棵树上，镶着一个大大的树洞。那树洞，像无言的眼睛，温柔地凝视着他，似在鼓励他大胆说出心中的秘密。理发师不由自主靠过去，对着树洞，大声说出了国王的秘密。多日的压抑，竟不翼而飞。

恢复了健康的理发师，决心帮助国王。因为他知道，只有医好了国王的心病，他才是万无一失的。他于是再度进宫，悄悄建议国王，去找一个树洞，大声说出心中的秘密。国王听信了理发师的建议，跑到大森林里，找到一个隐蔽的树洞，对着它，把多年来的积郁，一吐为快。奇迹就在那会儿发生了，国王的一对驴耳朵突然消失了。国王快乐极了，他终于又可以束起他的长头发，做回了正常人。

丁当宝贝，每个人都有属于自己的小秘密，这些小秘密，有时会从我们的胸中，挤着拥着要飞出来。但我们却苦于不能说，天长日久，它会像传说中的国王一样，长出一对“驴耳朵”，我们更会因它忧愁、苦闷、羞愧，甚至痛苦，甚至绝望。就像你所说的，你心中的烦恼，不愿向家人和朋友倾诉，只一任它们憋在你心里，憋得你好痛苦。你常觉得神思恍惚，做什么事都毫无兴趣。

那就找一个你的“树洞”，寄存你的那些小秘密吧。人的情绪有时需要发泄，如不及时发泄出来，只一味死守在心里，它会发酵，直至把你的心空塞满。到时，你想不受它左右也难。这个“树洞”，可以是无垠的旷野。可以是一截少有人光顾的短墙。可以是一条河流。一座桥。一丛花。一棵树。我小时受了委屈，喜欢跑去屋后的竹林，对着一棵竹子哭诉。那棵竹子我亲切称它为，我的竹子。每当我倚到它的身上，诉说完了心中的烦恼，我就又变得无比快乐。后来，我迷上写日记。我的日记本，就成了我的“树洞”，好的、坏的情绪，我都会对它倾诉。它默默接纳，从不背叛，宽容又大度。

丁当宝贝，如果可以，也把日记本当做你的“树洞”吧，它会悉数收藏你青春的疼痛。而当有一天，你回过头来，想找寻那些秘密，它都替你收得好好的呢，无一缺失。你会发现，当年那些所谓的疼痛和纠结，不过是花开的颤动，你唯有感激。

NO.2

# 牵着蜗牛去散步

等着蜗牛一起走，时光就真的慢下来了。

# 灵魂的高贵

梅子老师，我最近读了你很多文章，发现你是个很善良的人，一花一草都在你的笔下生情，让我很想靠近你，取取暖。在生活中，我是个很悲观的人，很少能遇到像你那样的人。我觉得，人心深不可测，人太坏。

请问，你是如何理解善良的呢？你又是如何做到善良的呢？

——零度以下

亲爱的，你好。谢谢你对我的阅读，谢谢你还觉得我是个很善良的人。那么，这个世界，还不是叫人太悲观的，不是吗？

我常常要为生活中的一些小小的镜头感动。

比如说，在商场门口，一个女子，掀着门帘，立等在那儿。她等后面所有人进去了，才放下门帘，独自走开。为了保持室内温度，商场门口多挂有厚重的门帘。

比如说，黄昏时，一个男人，路过路边菜摊。他本来已经走过去了，忽然回头，蹲到一个老人跟前，把老人菜摊上的菜，各各买了一样。临了，他不肯要老人找给他的零头。他蹲下的那个动作里，有慈悲。他知道这些乡下种菜的老人不容易。

比如说，红绿灯口，一个小女孩牵着要闯红灯的妈妈的衣襟，指着红绿灯，执拗地说，妈妈，等绿灯，等绿灯。

比如说，一个盲人走进一家早餐店，里面的一个小服务员看到，立即过来搀他，把他引领到桌边坐下。又细心给他布好桌上的餐具。

比如说，一个三轮车夫，用三轮车载着他半身不遂的父亲，出来赏秋。他一边慢慢蹬着车，一边扭头轻声对父亲说着话。七尺男儿，话语却温柔得滴得下水来。

比如说，下雨的天，一家小店借出自己的屋檐，给路过的人避雨。且提供板凳和免费的茶水。

比如说，一个小男孩，给因车祸而导致瘫痪的母亲梳头发。他一边梳，一边唱着赞美歌，妈妈，你是世界上最漂亮的妈妈。

比如说，火车上，一矮个的妇人，无法把重重的行李，搁到行李架上。旁边立即有人伸出手来，轻松地帮她搞定。妇人到站了，又有人主动帮她把行李取下。

比如说，进城探亲的老人迷了路，在一个学校旁边打转转。一男孩看见，一直把老人送到目的地。虽然，他为此而迟到了一节课，挨了不知情的老师的责备。

比如说，血库告急，而病人急需输血。消息一出，四面八方的陌生人赶了来，在医院门口排成长队，静静地等着献血。

比如说，穿破的旧鞋不扔，而是送到一条巷道口的补鞋摊上去。那个腿患暗疾的男人，在那里摆摊已几十年了。他的摊子上，始终都有未补好的鞋在。几十年里，他的生意，从未中断过。

善的举动，并非都要敲锣打鼓地进行，很多的，已融入我们的日常。走路时，低首，你看见路上有障碍物，如小砖块、小石头，或是断了的树枝之类的，你捡起它，以防后面的人摔倒；拥挤的路口，你不去挤，而是静静等待；被人不小心踩着了，你不破口大骂，而是宽容地一笑，说声，没关系的；遇到流浪的小动物，口袋里若有口吃的，你拿出来，分点给它；对小孩子和老人你态度和蔼，不表示厌烦，而是极有耐心地微笑、倾听。

不恶语伤人。不疾言厉色。不坑不拐。不嘲笑讽刺。不打击挖苦。不尖削刻薄。不耍阴谋诡计。不斤斤计较。不钻营取巧。不漠视不麻木。自律自爱，恪守本分，乐于助人，富有同情心，这都是善良。别人落难了，你因条件有限，不能提供太多的物质帮助，但你可以借他一个温暖的肩头，让他靠一靠。你还可以给予他微笑和懂得，还有慈悲和怜惜。

微笑，有时抵得过千金相赠。

我把这一些，视为，灵魂的高贵。

# 芭蕉年年会绿

黄昏时，我去河边跑步。沿河岸一带，有树木终年常绿，四季花草不断。我很爱去那里，一边跑步，一边看花看草，看河里船只往来。

我遇见了那个老人。他在我的前头，像坨稻草似的，缓缓移动。我很快走到他身旁，看到他的脸，脸上斑点密布，眼睛和鼻子，几乎都淹没在皱纹里。他手扶拐杖，一寸一寸往前挪着。我跑了一圈，回头，远远看到，他还在那里蠕动着，像坨草。我站到一棵树后，默默看他，他远没有一只蜗牛走得快了。曾经他也少年过。他也青年过。他也中年过。他也意气风发过。他也健步如飞过。他也如我这般，蹦跳起来，似乎就能够到天空。现在，他都不能了。他只能拖着他的脚，数着这人生最后的步子。

我想到了一棵树。是在婺源一个叫长溪的小山村，在人迹罕至的山上，我看到它。它应该活过几百年了，却终禁不住自然的循环，衰老地倒下，粗壮的树干，千疮百孔。确切地说，它已不能称作为一棵树了，它是树的骷髅。想它上面，也曾栖息过鸟儿。也曾有稚童攀于其上。日月一年一年眷照。风一年一年轻抚。有雨雪打过。有霜露落过。它都经历过了，叶子绿过一年又一年。叶子也枯黄过一年又一年。生命是博大的，生命又是脆弱的。它终敌不过岁月，就那么老下去，最后的最后，会化为尘土。

谁能敌得过岁月呢？终有一天，我们也都会老去，老得无可奈何，老得无能为力。而岁月，却永远有花在不息地开着，永远有星辰映满天空，永远有江河在奔流。四季变幻，不过是它玩的一个戏法而已。人世多少的纷争，都荡作它唇边浅浅的一笑。再力拔山兮的人，也要在它的怀抱中老去，而千年的月亮，却还在它的额头亮着。

传说，释迦牟尼涅槃的时候，是在贫病交加中。他盘腿坐在两棵婆罗双树间，给他的弟子布最后的道。在生命的回光返照里，他身旁的两棵树，突然迅速地抽枝长叶、开花结果，于瞬息间又花落果坠，叶子全部掉光。神谕告诉我们的是，世间万物，生死轮回，不过如此。

所以亲爱的，你别跟岁月较劲，你较不过它的。还是省点儿气力，好好经营我们的今生，把我们今世的轮回走好。芭蕉年年会绿，樱桃年年会红，而我们曾有幸与之照会过，也曾做过那绿中的一枚，红中的一粒，也算不得辜负生命了。放下执念，放下过多烦恼，别贪那么多，所需之物，够安置我们这尊凡胎肉体就行了。是因为，贪多了也没用。最终，身外所有的拥有，都将还给岁月。我们的肉身，也终将化为尘烟和泥土，回到那宇宙的无限中去。

# 活得像草木一般洁净

一言，你好。

从你的信中，我大体可以给你画个像：人干练精明，颇有才情，一直走着有为青年的路数。

你说你是单位里最年轻的科级干部，现在面临着一次大调整，你有望更上一层楼。然你却有个强有力的竞争对手，他的能力远不及你，但比你资历厚，且人脉比你广得多。你很为此焦虑，这一次的机遇若把握不好，你得再等上三年五载的。你说，到那时，怕是再多的雄心壮志，也湮灭了。

一言，你让我想到一个词，年轻有为。这是俗世里的赞美标准，你怕是没少听到过。且陶醉于这样的赞美中，它鞭策着你，不断攀升、攀升，以获得更多赞美。——这本是好的，一个积极向上的人，胜过裹足不前的人千万倍。然而，我怕的是，你这向上的变味。当你的眼光，只盯着前面那个闪闪发光的“宝座”，你的心态已难以保持平稳，你的柔软，会慢慢变得坚硬。你日思夜想的是，如何才能得到它，而忽略掉踏踏实实、厚道诚实、水到渠成。你考虑到竞争对手的种种，难免会不择手段，扫除你以为的“障碍”。——如果发展到那一步，你的面目，会很可怕。

但愿我这是杞人忧天。我对晋升这类的事儿，向来很少关注。在单位里，我也只是个小小职员，一直是。评职评级提升获优等等事情，我一律绕开去。我是怕费了那个时间。那个时间，我用来可以读很多的书，写很多的文章。我也没有那个精神气，去跟别人争。有这样的精神气，我画画小画自娱。或去看花看草，享受大自然的恩泽。嗯，是这样的，我怕那些东西，扰了我的心性。

我这个样子，在你看来，是很不求进取的了。但我以为，进取也分好坏的。本着你的初心，努力相待，一路走下去，花儿自会为你开放。若是为了某个目标，舍掉做人的本分，而学会钻营，把玲珑心事都用歪了，纵使你能获得一些“光环”，那也是虚的，不是实实在在属于你的。你怕是睡觉也睡不安稳呢。

几天前，我曾去医院看望一个生病的朋友。当年，他是个多么厉害的角色，在单位里，说一不二，呼风唤雨。而今躺在病床上，大家都知道他活不长了，只他自己还在相信奇迹。他努力吞咽着一小勺米饭。能吃，就代表还能活。吃饭——这本能的行为，在他，已如攀山越岭了。

他展望病后的前景，他说，现在我也看开了，等身体复原了，我就选择退出，过一段清静日子，不去争，不去恼。他说，世间所有大事，在死亡面前，都是小事。

很可惜，他顿悟得太晚了，浪费掉很多好光阴，他已无回天之力了。

我有学生，也是有为青年一枚。三十出头的年纪，已在部级部门工作。头顶上有多少光环，就有多少付出。有些付出，非他自己所愿。改变缘于一次小小感冒，他去医院输液，药物过敏，导致休克。幸好被人发现，挽救及时，捡得一命。鬼门关前走了一遭，他整个人的性情都变了，他看淡了名利纷争，更多的精力用来做好事做善事，人活得草木一般洁净了。我笑他，我都看见他头上冒着佛光了。

一言，不知道我说的这些，能不能解你一点困惑，让你有所顿悟。你最好什么也不要去虑去想，做好手头的事。一切随缘最好，活得像草木一般洁净。

# 成功没有任何捷径可走

如蕴，你好。

看你的信，我真是出了一头的汗啊。你说大学毕业至今，一晃都快三十了，至今一事无成。你向我寻求帮助。你说你现在把我当救命稻草，希望我能给你指一条成功的路。

亲爱的，请原谅我，我怎么担得起你的那根稻草？虽然，我多么想帮你。可我实在能力有限，除了会写两行文字外，无甚别的本事，我哪里能给你指条成功的路！

但我却明白一个道理，这世上，根本没有所谓成功的路，光亮鲜明地摆在那儿，等着你去走，就像走红地毯那般轻松。但它却又是存在的，存在于每个人的脚下，得靠你一步一步，用汗水、用勤奋、用不屈不挠、用辛苦、用寂寞把它走出来。

小时，我爱看雏鸡出生。变薄的鸡蛋壳里，望见小雏鸡小小的身体，在一拱一拱的。那鸡蛋壳，却怎么也拱不破。我急，恨不得替了它，伸手就要捏碎蛋壳。祖母拦住，祖母说，让它自己出来，不然，养不活的。

我等啊等啊，等了一个下午，到傍晚，小雏鸡终于挣破蛋壳，出来了。可爱的小嘴，柔软的小眼睛，一个鲜活的小生命。它尚且站立不稳。站起，跌倒。再站起，再跌倒。就这么试过若干次后，它终于站立起来。那一刻，我真替小雏鸡欢喜，它成功了！现在，我想起这一幕来，还是很感动。如蕴，你说成功难吗？答案，难。它必须要有所付出，才会得到。成功容易吗？又很容易。只要你肯付出，且坚持不懈，你定能有所收获。

我有个企业家朋友，他拥有一家外贸加工企业，总资产过亿。别人都羡慕他运气好，他只笑笑，不言语。一次，我们几个朋友闲聚，其中就有这个企业家朋友。他当时又签了一笔交易额较大的单，心情很好。我们就围着他打趣，要他讲讲成功的经验，让我们也能如法炮制，分上一杯羹。

这个企业家朋友看看我们，说出一句惊人之语，他说，你们肯舍弃现在的一切，去捡破烂么？原来，他为了创办企业，曾捡过三年的破烂。又用三年的时间，走遍大江南北，进各家外贸厂打工、调研。再用十年的时间，从无到有，睡工地，住厂房，一点一点，累积下现在这个外贸加工企业。

你们看，我手上的老茧，他伸出手来。一只一只老茧，像坚硬的石子似的，卧在他手上，刺疼了我们的眼。

如蕴，你可能要拿我打比方了，你以为我能够一本一本地写书出书，是很轻而易举的事。我要告诉你，不，不是这样的。走上写作这条路，前前后后，我走了快三十年了。曾经，我的投稿，也是石沉大海。曾经，我捧着书稿去出版社，也被人家拒之门外。漫漫写作路，望不到尽头，看不到希望。我也不去管它，只管走着我的路，坚定不移地走下去，从未曾有过转移。在我，能够到达目标，固然是好。不能够到达，也无妨。它都是一种成功。因为我付出了，我收获到的，是充实，是无悔。

即便到今天，在你的眼里，已是成功者的我，又何曾有过丝毫的懈怠？不经一番寒彻骨，哪得梅花扑鼻香。这样的古训，细细思量，真是道理无穷啊。如蕴，这世上，成功没有任何捷径可走。所有的成功，都是历经一番磨砺，方能成就。

# 找到适合自己的人生跑道

梅子老师，自从上高中以来我真的感觉好不适应，分在所谓的强化班，上课看着别人和老师那么的默契，自己却像听天书一样，真的好绝望，考试也很糟糕。我总是特别敏感，别人不经意的话很可能让我独自难过很久，他们都说我“娘”，我跟他们辩论，有一个学生还拿起凳子要砸我，问我服不服。我真的好难过，强忍住气。有一次我值日擦过黑板，不知道谁在上面乱写了什么，老师一上课就问谁擦黑板的滚后边去，我想解释也没人听，我觉得好委屈，眼泪一直憋着。可是班里连一个朋友都没有，一个可以说话的人都没有，情绪在低谷时，我希望您能告诉我该怎么办。

——小虫子

小虫子，我很能理解你的感受。因为，我曾经也是这样的一个孩子。那时，我从乡下考进城里念高中。在乡下读初中时，我压根儿没学过英语，而城里的孩子，英语早已学掉六册书了。每逢上到英语课，在我，不啻是听天书。我不懂单词读音，我不懂什么过去式什么现在分词，我更不懂什么语法。英语老师一看到我，眉头就皱成一团儿，他“呔”一声，说，丁立梅，你怎么这么差？你在拖班级的均分你知不知道？

难过、自卑，恨不得找个地缝儿钻进去。可地上没有地缝儿可钻，咬咬牙，我还得继续我的读书生涯。也顾不得别人的窃窃私语，也无暇在意别人对我的种种责难，我一头没进书本里，从最简单的ABC的读音开始学习。下课别的同学去操场，我在教室里背诵。晚上所有同学都睡觉了，我还在看书。早上别人还没起床，我人已在教室里了。我当时想的是，没有谁能拯救我，只有我自己。

我渐渐听得懂老师在讲什么了。我也能回答老师的一些问题了。我终于像正常的孩子一样，坐在英语课堂上，心安理得了。虽然，我的英语最终没能成为我的强项，但它也没有拖我的后腿，我远远超过了班级的平均水平。

小虫子，我跟你讲这些，是想告诉你，别把时间浪费在无聊的事上。把绝望和难过的时间，用来弥补你的不足。与其在那里哀伤，让自己越来越陷入泥淖之中爬不起来，还不如唱着快乐的歌儿，勇往直前，才能挣得一线光明一线天。

或许你会说，哪那么容易啊，强化班的都是尖子生呐，要赶上他们，难上加难。那么，好，咱不要在强化班混了，咱转到普通班去。有时，找到适合自己的人生跑道，相当重要。只有在自己的人生跑道上，才能完全放开手脚，发挥出自己巨大的潜能和爆发力。

小虫子，当有一天，你能够惬意舒畅地奔跑起来，你还会在意别人的闲言碎语么？到那时，别人的闲话，你根本没工夫去旁听，也不屑于去听呀。他们说好说坏，都影响不了你奔跑，你还是你。他们有力气说，就让他们整天去说好了，你又何苦争辩？你用实力向他们证明，用你的乐观向上向他们证明。

至于老师对你的误会，哎，根本不值一提的嘛，你大可以选择一笑了之。不就是被罚站到教室后面去了一回么，没什么大不了的。课后，你也可以找老师笑着做个解释。这都无妨的，你说呢？小虫子，一个人只有自己变得强大，别人才找不到攻击你的缝隙，才不能轻易将你打败。

祝你好运，亲爱的宝贝！

# 你不快乐的每一天都不是你的

凤姑娘，我急于想跟你分享一首诗。这首诗，我刚刚读到，是葡萄牙诗人费尔南多·佩索阿的。诗名《你不快乐的每一天都不是你的》：

你不快乐的每一天都不是你的：
你只是虚度了它。无论你怎么活
只要不快乐，你就没有生活过。
夕阳倒映在水塘，假如足以令你愉悦
那么爱情，美酒，或者欢笑
便也无足轻重。
幸福的人，是他从微小的事物中
汲取到快乐，每一天都不拒绝
自然的馈赠！

我的窗外，憋了两天的雨，终于下了。一个夏天，几乎都未曾有雨。入秋快一个月了，这雨才晃晃悠悠而来。对它哪里有怨？欢喜还来不及的。久旱逢甘霖，——人生“四喜”之一。我也就站到窗口去听雨，听它敲打在晾衣架上，滴滴答答，如弹六弦琴。楼下的植物，一律昂着头，饱吸着这顿雨水。像饥饿的婴儿，终寻到母亲的乳房。一个天地，因这场雨，都欢唱起来。这一天活着的意义，也便都在这场雨里了。

凤姑娘，你的生命里，也应时不时地会碰见这样的小欢喜。只是你早已放大了你的不快乐，让它们雾霾一样的，笼罩着你的整个人生。你看不见身边的美好事了，看不见这些细微的点滴的幸福，像雨水催开了花朵。

你说你从小就是个不快乐的人。你家境贫寒，吃穿都比别的孩子差，这让你极度自卑。有一桩事，你深刻记着。是念初中那一年，学校开元旦晚会，你的独唱节目被选上了。要登台，得穿一件红裙子。你妈却不肯拿出钱来给你买红裙子，她说，那是你们家半个月的伙食费。元旦汇演那天，你佯称生病了，躲在家里哭了半天。从此后，你都没再登上舞台过。

你考大学时，成绩一向不错的你，却惨遭“滑铁卢”，最后勉强读了个本三，觉得低人一等。恋爱又诸多的不顺，你喜欢的人，不喜欢你。你不喜欢的人，却勉强相处着。找工作也屡屡碰壁，无奈何，你找了一份自己根本就不喜欢的工作在做。你说人生真是无趣得很，你已生无可恋。

凤姑娘，你一句“生无可恋”，真是惊着我了。人世间，有那么多可眷可恋之事啊。比如说，等待一场雨。比如说，看一场日出。比如说，夜半时，月亮像一朵水莲花似的，开在半空中。比如说，下午三四点的光景，你路过一条河边，看到太阳揉碎的影子，像小鱼一样的，在水面上跳跃。比如说，人家的墙头上，爬满了凌霄花。比如说，吃一块新烤出的面包，享受它的醇香。比如说，你遇到一个小小孩，她伏在小母亲的肩上，她看见你，像看见花儿和云朵，眼睛滴溜溜地打量着你，然后，甜蜜地笑了。比如说，一只陌生的小狗，跟着你走了很远的路。比如说，黄昏下，携手并肩而走的一对老人。还有费尔南多·佩索阿的“夕阳倒映在水塘”……凤姑娘，我们活在这些微小的美好里，它们一点一滴，化成我们的血液，饱满着我们的肌肤，你却把它们给弄丢了。正如费尔南多·佩索阿所说的，“只要不快乐，你就没有生活过”。人生的最大意义，原不在别的，而在于，是否快乐。

凤姑娘，细数你的那些不快乐，也只是些小小的尘粒而已。在贫穷年代，大多数人都遇到过。就说我吧，也是从小的家贫。念初中了，还穿着母亲改制的父亲的裤子。那时的自行车，都是有前杠的，又笨又大，我个子小，每次跨上去都如登山。一次，从学校回家的路上，跨上自行车时，裤子被自行车的脚踏板给挂住了，哗啦一下，撕开一个大口子。后面的一帮小男生看见，起哄地嘲笑地叫着，追着我跑了很远。到念高中时，我夹在一帮生活富裕的城里孩子里面，那自卑恰如荒草，蹭蹭蹭直往上蹿啊。考大学时，我因两分之差，与本科失之交臂，没念成我的本科新闻系，而上了大专的师范专业。毕业分配工作时，我被分到偏僻的乡下去，放学后，满校园就剩我一个留守的。窗舍旁有池塘，风吹着芦苇，沙沙沙的，全是孤寂。

我感谢我生命中遇到的这些不快乐，它们教会我强大。教会我，即便山穷水尽了，也还有满天的星斗，可以观赏。所以我成了现在的我，一个每天都能笑着走路的人，一个不虚度每一天光阴的人。

凤姑娘，人生在世，总会有这样或那样的不顺，我们要做的是，从微小的事物中，获取感受快乐的能力。把你愁苦的时间，用来发现生活中那些细微的美好，当你再看到“夕阳倒映在水塘”时，你也就能感受到发自内心的愉悦了。

诗人说，你不快乐的每一天都不是你的。诗人又说，每一天都不拒绝，自然的馈赠。凤姑娘，这个做起来，似乎不太难。要不，你试试？愿你能握住你的每一天。

## 你若是珍宝，必有光芒

晴日里的小猪，你好啊。

看到你的这个昵称，我想起一幅漫画来。画面上，一只可爱的小猪，抱着一棵大树，奋力往上爬着、爬着。树顶上，挂着一个明晃晃的大太阳，小猪是要去摘那个太阳的。旁白：踮起脚尖，就更靠近阳光。

我真心喜欢这只小猪。它活泼，性格开朗，不气馁，很努力，目标明确。

你也是这样的一只“小猪”吗？——显然你不是。你不快乐，牢骚满腹，工作才三年，似乎已把社会和现实看透。你认为这世上处处都写着“不公”两字，使你怀才不遇，使你遇人不淑。你万分委屈地说，我曾经也是个高材生哎，凭什么处处受人挤压，干着最重的活，拿着最少的钱。

亲爱的小猪，你牢骚的重心，其实在一个字上，那个字，叫“利”。你只字没提你做的是什么工作，做得怎么样。你眼光盯着的，是你得到了什么。当现实与你的想象产生落差时，你心理就严重不平衡了，你觉得是社会负了你。你念念于你昔日的辉煌，而那个辉煌，你认为完全可以用来和现实做交换，换得相应的报酬和尊重。

可是，小猪，你有没有想过，昔日再多的辉煌，也只能属于昔日。再说，高材生与高能力，这是两码事。现在不少的大学毕业生，眼高手低，高分低能的现象总是有的。他们总要经过一段的适应期，才能让自己的新角色，融入到社会中去。

不要恼火，不要一蹦三尺高，急着要反驳我。小猪，咱坐下来，冷静地好好想想，是不是你自身也有不足呢？你工作不过才三年，搁在过去，你尚未“满师”，还属于学徒，你怎么就可以把自己当“元老”了，想要瓜分社会积攒了几十年甚至上百年的“利”呢？说真的，假若我是你的主管，怕是对你这样的员工，也欢喜不起来。因为，你浮躁得很，太过于急功近利。

好多干出一番事业的人，都是从最基层锻炼起的。刘备还卖过草鞋呢。所以小猪，收起你的抱怨和愤懑吧，踏踏实实，从“小学生”做起，一步一步，夯实基础。这也是为了将来，你能到更大的空间里去施展。你要相信，你有多大才能，就将有多大的舞台。

如果你还是不能释怀，对现在手头的工作觉得厌倦和不满，待在现在的地方觉得憋屈，那么，好，你可以拔腿走人。常言道，树挪死，人挪活。趁着年轻，多些闯荡，多些历练，也是好事。说不定闯着闯着，就闯荡出一条金光大道来呢。

不过请切记，千万不要频繁跳槽。一个没有定性，若浮萍般生不了根的人，是注定做不了大事的，也注定难以取得别人的信任。小猪，不要只盯着人家能给予你什么，而是首先要问问，你能给人家提供什么。不管你今后从事什么工作，你一定要打心眼里热爱它，认认真真地待它。公平不是别人给予的，而是你自己。等你做出成绩了，该你得到的"好处"，自然而然就来了。你若是珍宝，必有光芒。

## 慢下来，等等自己的灵魂

严格地说，我不算您的读者，不过，我每隔段时间会看下您的微博，是您的崇拜者。看您的人和文字，有幸福感染着我，人应该像你这么活着，做有情怀的事，和做一个幸福如画的人。这种美好不会随着年龄逝去，而会使自己越发变得强大，精神的感染力是无极的。只是，我一件也没有做到。在这世上太难了，大家都在赚钱，我生怕慢了，没有一天停下来好好地生活过。如果有一天生命结束了，我大概只会苦笑两声，情怀和信念的空白，让我对死亡充满恐惧。

——赖宝

赖宝，几天前，我刚参加完一个文友的葬礼。

那是个阳光晴和的天。路边，大把大把的紫薇花，在开着。百日菊和太阳花，也都开得很好。还遇到一地的藕花。我身边有人瞅一眼，轻声说，莲藕快上市了哎。这是活着。这么的真切、缤纷，能看到颜色，能听到声音，能尝到味道，能对明天有所期待。

一切，却在一个地方止息。那个地方，是殡仪馆。里面也筑有小桥亭台，小径通幽，花树掩映。如果气氛不是那么肃穆，真让人疑心是到了某个疗养院。我看着人群如鱼样的，从一个敞开的大门贯穿进去，那里，躺着我的文友。

告别仪式很快结束。出得门来，小白花扔了一地，阳光亮得晃人的眼。一个曾经鲜活的人，他化成灰了。我很恍惚。想他曾也眼眸灼灼，野心无数。他写小说写剧本，梦想着能拍成热门电视剧，梦想着能赚大钱。为此，他赌上了他整个的人生，眼里心里除了创作，再无其他。一日三餐凑合着吃。一年四季的衣衫，凑合着穿。人走出去，邋遢憔悴得不成样。妻子无法忍受他，早早与他分了手。他唯一的儿子，因他疏于管理，染上毒瘾，进了戒毒所。他是突发心肌梗死而终。我设想着，在他死前，意识尚在，他预感到生命要结束了，他恐惧了吗？后悔了吗？他会想起多少遗憾的事啊，妻子的，儿子的，他自己的。如果他不是那么执着于一定要“功成名就”，他的生活，肯定会是另一番样子。

赖宝，我们总是那么急急地走，慌慌地赶，总感觉来不及啊，再不赶路，就晚了，钱被人赚去了，名被人占去了。这么紧赶着，运气好的话，能抢得一点名和利。然这时你却发觉，你并不快乐，甚至是茫然的。因为，你在紧赶的路上，早把灵魂给弄丢了。也有另一种可能，你一辈子都在追着那镜中花水中月，到头来，还是两手空空，却赌上了自己的幸福和自由，没有一天真正生活过。就像你说的："如果有一天生命结束了，我大概只会苦笑两声，情怀和信念的空白，让我对死亡充满恐惧。"

既如此，为何不慢下来，等等自己的灵魂？我有高中同学，曾是做外贸生意的，整天忙得脚不沾地，资产上千万。偶尔同学聚餐，他也是电话不断，一顿饭难得有消停。问过他，要那么多钱干吗？他的回答叫人无语，他说，别人都在赚啊，停不下来啊。后来，一次外出途中，他突遇重大车祸，一车六个人，仅存他一人。车祸发生时，他脑子里蹦出的是，我要死了。心里面有一个声音在大叫，我不要死，不要！我还有很多的事没有做呢。他想着，要陪着老婆孩子去西藏的。他想着，早就答应父母，要陪他们坐一趟游轮，看看三峡的。他想着，要养一只小狗，他那么喜欢狗。他想着，要画点小画的，他从小就喜欢画画。他想得悲伤绝望，在心里祷告，上帝啊，哪怕再给我一天时间，这一天，我一定把时间还给自己，哪怕什么也不做，就用来发呆晒太阳，也是幸福的。想着想着，眼泪不知不觉糊了一脸，他不自知。

他很幸运，只受了点皮外伤。伤好后，他把公司转手给了他人，去了乡下老宅，养小猫小狗，种地，画画儿，穿布衣布衫，过简朴的日子。偶尔想走世界，背起包也就走了。从前走得那么快，自以为拥有了全世界，却把灵魂走丢了。现在，他彻底地慢下来，跟着灵魂的节奏行走。同学再聚，他精神最是饱满。他说了一句话，令我非常感慨，他说，即便我现在突然死去，我也无憾了。因为，我为自己活过。

赖宝，留点时间给自己，等等灵魂，爱想爱的人，看想看的景。只有灵魂丰盈了，人这一生，才不算辜负。

# 给自己松松绑

早起，我喜欢跑到窗口去，先看看外面的天。初秋的天，有着不一般的静谧和澄澈，不荒凉，不芜杂。昨日看一个人如此形容这样的天，他说，我恨不到到天上去洗个澡。莞尔。我更想在天上养几朵小花的。就养睡莲好了，开白花的，开红花的。我曾在一个地方，看到开蓝花和紫花的，大概是人工培植和嫁接的杰作。花朵儿开得面无表情的，像假花。不喜。还是白花和红花好了，是它们的自然色。

我再去问候一下我的花们草们。玫瑰谢了。茉莉谢了。太阳花还在开。一朵轻黄，一朵玫红。吊兰是疯长着的了，又爆出很多的新芽。摘下它，随便往土里一栽，它又会长出一盆新绿来。

然后，我不紧不慢做早饭，煮两只鸡蛋，榨两杯豆浆，蒸一个包子或馒头，再拌一点小菜。这间隙，我还去给我的书桌挪挪位置，把桌上的插花，重换一个瓶子装了。人时常换衣，面貌才整洁焕然，花们也是。我与花们，似乎又是初相见了。我因此，一天都很开心。

扶桑，在你看来，我这绝对是在浪费大好时光，你舍不得的。你早起，要紧着看帖回帖，然后，随便应付点早饭，塞点干面包，喝点冷开水，赶紧去上班。晚上回家，你一溜小跑，坐到你的电脑桌前，发公众号，经营你的网站。你在乎每一条留言每一个评论，你为此或喜或忧，常忙到半夜三更，还不能眠休。有时，因一些不好的评说，你神伤不已，为此憔悴。你告诉我，你年纪轻轻，就腰肌劳损肩周炎严重。你说你整天总是不得歇息，忙个不停，有时还落不到好。

我多想脱口骂你一句，活该！谁也没有逼你么，是你自找的。你偶尔一天不发公众号，不更新帖子，你看看地球转不转，你看看人家活不活。你偶尔几天不回帖，不上网，世界不会因此缺去一个角，花儿们也不会因此少开一朵。倒是你，损了健康，透支了生命和快乐。何苦？

你可能要争辩，梅子姐，我这是努力认真呀。我这是要让我的每一个时刻，都活得充实的呀。——啊，亲爱的，这世上，凡事都讲究一个“度”，适可而止，方能进退自如。你这密密缝似的，把自己当针线，把时间缝得个牢牢实实，你果真快乐么？你果真收获到美好么？既然又不快乐又不美好，你还折腾个什么劲啊！

人活着，是以快乐的心，追寻美好的。而不是自己把自己给绑架了，挂着十字架，抱着慷慨赴死的精神，去成就什么所谓事业。那样的事业，即便成就出来了，又有什么意义？还是给自己松松绑吧亲爱的扶桑，人生真的没有那么多重要的事，非你不可。匀一点时间，给自己，每天坚持散散步，看看天。间或画点小画，听点小曲，喝点小茶。或者跑去乡下，去田野里走走，认认四季草木。能买块地种点蔬菜，再好不过了。实在无事可干，哪怕就是坐在路边，看看来来往往的人，也是很有意思的，让身体和灵魂皆放松。

我常把大好时光，浪费在一些看似无用的事上，并不觉得于心不安，反而倍是充实，也欢喜幸福。我以为，这才是活着，应有的样子。

# 你是大自然的孩子

小弯弯，你好。

我走在从你的学校，返回我老家的路上，一路上，我都在想你。我想着，要跟你说说话儿。

我选择的是步行，我喜欢这样走着。从前上学，我都是从家里这样走着去学校，再从学校这样走着回家。沿路要穿过好几个村庄，和一些田畴；要跨过好几座小木桥，和一些沟渠。我认识路边每一户人家养的狗和猫。我认识地里所有的庄稼，那些麦子、蚕豆、玉米、水稻和棉花。我认识沟边长着的小野花，那些一年蓬、蒲公英、婆婆纳、泽漆、紫云英和小蓟。河畔的茅草春天绿着，冬天会“开出”茅花，白花花的一片，像下着雪。靠岸的柳树上，也总是托着个大大的鸟窝。我痴迷于那些花啊朵的，还有花朵下的虫子们，它们总能牵住我的脚步，让我一再晚归。

小弯弯，你也是这么走着上学放学的么？那么，我要为你庆幸。多幸运啊，你能身处这样的大自然里，日日不相离。你是否走着走着，也会停下来，和一棵草说说话，和一朵花说说话，或者，逗逗一只小虫子，问候路过的一只小鸟？一个心中装着大自然的孩子，无论他将来身在何方，他都会心怀柔软和善良，懂得爱，懂得感恩和珍惜。

小弯弯，我和你，都出生在这样的乡村，它偏僻，它离闹市甚远，它没有车马喧哗，它有的，是鸡鸭猪羊。在一些人的眼里，那是落后，是闭塞，是贫穷困苦。——曾经我也以为是这样的，并为此而自卑。然等我长大了，等我置身于城市的高楼大厦里，我却深深怀念，这里的一切，我感激着我能生长在这里。你看，大自然是多么偏爱你啊，你知道庄稼怎么从泥土里长出来。你能脱口叫出很多野花野草的名字。你能学小雀的声音。你听得懂哪是蛐蛐在叫，哪是纺织娘在唱歌。你知道，月亮倒映在门口的小池塘里，是什么样子。你知道，青蛙是从蝌蚪变出来的。你能说出弯弯的月亮，像扁豆。

小弯弯，我之所以要跟你说这些，只是想告诉你，你拥有的，永远比失去的要多得多。

你的学校，也曾是我的母校，是我少年的梦想生长的地方。只是，很不好意思地悄悄告诉你，那个时候，因家里贫穷，我曾好自卑。但我热爱读书，热爱幻想，热爱大自然，所以，内心活得丰盈充实。至今回想，那段时光，堪称我人生最美的时光。我好比一株植物，一棵庄稼，享用着天地日月的无私赐予，一日一日葱茏起来。

你比那时年少的我，还要小一些，你才九岁，才念小学二年级，如初春的柳芽，刚刚冒出来。在你稚嫩的眼里，天空大地，应该无一不好吧？你尚不懂得惧怕和自卑，风来，雨来，在你，都以为那是理所应当。我多么希望，你能永远活在这样的天真里。

听你的老师介绍你，还在吃奶的年纪，你就失去双亲，跟了爷爷奶奶。爷爷瘫痪在床，奶奶又因小儿麻痹症留下后遗症，行动不便。你小小的人儿，就撑起一个家，烧火做饭，竟都学会了。邻里也都帮衬着你们家，缺短少长的，都会有人送来。社会上也有好心人上门，送钱送物。你身上穿的，不比别的孩子差。

知道吗小弯弯，听到这里时，我的鼻子一度发酸。你是不幸的，仍又是幸运的。邻里相帮，天地广阔，该削减了你多少的疼痛和寒寂啊。

我坐进你们的教室里听课。你，和那些孩子，多像小鸟、小鱼、小猫、小狗、小鸡、小鸭、小蝴蝶。我不知道怎么比喻才恰当，一切的小小的可爱的，都能用到你们身上。

那节课，老师带你们学习了李峤的诗《风》。老师让你们学大自然的风吹，你们一个个，鼓起小嘴巴，一会儿学龙卷风，一会儿学大风，一会儿学微风，兴高采烈。你也是兴高采烈的。

下课了，我把你叫到身边，抱了抱你。你两只大眼睛，很害羞地看着我。我问你，小弯弯，你最喜欢什么样的风呢？你眨巴眨巴眼睛，轻轻答，我最喜欢微风。我问为什么。你回，因为微风吹在身上暖洋洋的，不冷。

好一个不冷！小弯弯，我真高兴你这么答。我真心祝愿，那些微风吹过的暖，都能烙在你的记忆里，成为你今后战胜困厄的力量和勇气。

还是要为你庆幸，你生在这里，你是大自然的孩子。

## 学会过滤

梅子，我有一个相处了很多年的女同事，我一直拿她当我最好的朋友，闲暇时，我们在一起吃喝玩乐，只要我有的好东西，她都有一份。我的工作业绩比较突出，升职得比较快。而她却工作平平，所以一直原地踏步。我并没有因此与她疏远，在工作中，尽可能地帮她争取机会。就在去年，因我的帮衬，她终于成功升职。

最近，我应聘到另一个部门去主持工作，那个职位，是很多人梦寐以求的。我起初并没有打算参加应聘，是她鼓动我，说我能力强云云。我应聘成功了。然在我就要到新岗位报到的前一晚，我所在公司各个主管部门，几乎同时收到举报信，信中捏造大量事实，对我进行人身攻击。

因事发突然，我的职位被搁浅了。这也罢了，我本来就没稀罕什么升迁。然周围的人，看我的眼神却变得怪怪的，似乎我真的做了什么见不得人的事，这令我十分难堪难受。谁跟我有这么深的仇恨，处心积虑地要把我整垮？我思前想后也想不通，我没跟谁结过怨啊。后来，知情人透露给我，说举报信都是实名的，上面清清楚楚写着她的名字。是她！是我十分信任的好朋友，在背后给我使了绊子。她当我不知，居然还在我面前惺惺作态。

我知道是人都会有嫉妒，但不至于嫉妒到这种地步。何况，她是我最好的朋友啊！我不知怎么面对她，怎么面对我自己。我现在饭不知味，夜不能寐，人也瘦了许多，整天精神恍惚，心里郁闷难解。梅子，我没人可以倾诉，我今天把这事告诉你，不为别的，只是想倾诉。谢谢你听我说。

要哭了。不好意思。

——菲菲

亲爱的菲菲，看了你的信，我也很难受。我极少以恶意揣度人心，但人心，有时的确高深莫测，危机四伏。我理解你的处境，你最伤心的莫过于，被好朋友“出卖”了。这一刀，不是伤在别处，而是准确无误地伤在你的心上。我几乎要替你拍案而起了，大骂一声，歹毒！

可是，怒骂和痛斥，有用吗？是不是就能让你的难受，减损一点点？是不是就可以让原本的状况，改良起来？你很清楚，不能。结果只能是，在你难受的基础上，更添愤懑，使你的情绪，更难平静。也会导致他人，更加深对你的误解，以为你是小肚鸡肠，容不得别人说你的不是。最终，损伤的还是你。

菲菲，我们走路一不小心，还会摔跟头呢。你就当摔了一个跟头好了。也不要再纠结于“我又未伤过人，别人为什么要伤我”。道理其实很简单，只因为你优秀啊。你的“优秀”，刺伤了别人。

有句比较戳心灵的话：“欲戴王冠，必承其重”，我很认同。这个“重”里面，我以为也包括来自各方面的伤害和打击。百炼才能成钢么。菲菲，你就当是让你磨炼就是了，不必过于生气。

我也曾遇到过类似的事情，被人恶意中伤，无中生有，沸沸扬扬一段时日。我也只不理，照旧做我的事，过我的日子，快乐着我的快乐。我是什么样的人，我自己清楚就是。别人的中伤，焉能夺去我的拥有我的幸福？天长日久，谣言自会不攻自破。清者自清么！一些人在事隔很久之后遇到我，对我很是敬佩，说我的气场与定力大，别人想伤害也不能够。我只笑笑，不语。沉默有时是最好的回答。

生活其实是要我们学会过滤的吧。把一些负面的阴暗的，统统过滤掉，只留下一些洁净的澄明的，好供养自己的灵魂，使自己活着更光明正大，磊落安详。

有一则被引用泛滥的经典对话，我想再引用一下给你听。这段对话是唐代天台山国清寺隐僧寒山与拾得的，记录在《古尊宿语录》中：

寒山问曰："世间有人谤我、欺我、辱我、笑我、轻我、贱我、恶我、骗我，该如何处之乎？"

拾得答曰："只需忍他、让他、由他、避他、耐他、敬他、不要理他、再待几年，你且看他。"

菲菲，我们不能阻止了一些人内心的邪恶，但我们尽可以忍他、让他、由他、避他、耐他、敬他、不要理他。时间会替你做出最公正的判决的，内心邪恶之人，终究得不到幸福安康的！想他躲在自己的阴影里，日日算计着别人，活得那么见不得光，也是很难受的一桩事呢，我们该同情他才是。

菲菲，不要哭了。她弄疼了你哪里，揉揉就是了。然后，继续走你的路，过着你的幸福日子。就像一粒沙子，进入到你的眼里，你吹掉就是了，何苦跟它较着劲？最后，害苦的只能是你的眼睛。

这世上，要让我们留意的事儿实在太多了。秋已走到正好处，风吹来满满的好意，我好像闻到桂花的香了呢。且收拾起你的坏心情，我们看桂花去吧。

# 暗香浮动月黄昏

沁梅，你好。

你的名字中也有一个“梅”字，这真让我开心。叫梅的女子，都自有暗香盈盈，——这是我的自恋了。因这自恋，我对所有叫梅的人，都怀有十二分的亲切感。

我很想找一张印有梅花的信纸给你写信。当笔尖在纸上落下一个“梅”字时，我像在呼唤另一个自己。——我这么小小幻想了一下，觉得美好。

我刚刚在读书，读到两句话：“誉满天下者，必毁满天下。”记忆中的原话，好像不是这样的。我赶紧查找资料，找到了原话的出处，出自梁启超的《李鸿章传》：

故誉满天下，未必不为乡愿；谤满天下，未必不为伟人。

原话充满辩证思想，说的是那些誉满天下名望加身的人，未必就不是小人。那些被天下人诽谤不待见的人，未必就不是品德高尚之人。

世事险恶，毁誉多在人言，得慎之。

那么，是谁断章取义了呢？誉满天下者，必毁满天下，——两句相接，竟给出了现实的第三种可能：木秀于林，风被摧之。

沁梅，你是不是那棵秀出于林的大树呢？你人长得漂亮，又能歌善舞，多才多艺，单位里的所有荣誉，都几乎被你一人揽了。你又活泼好动，喜欢表现，走到哪里，都是一道靓丽的风景线。

这样的你，虽也善良，待人真诚，热情大方，却几乎少有朋友。连从前跟你相处甚好的闺蜜，也莫名其妙日渐疏远你。女同事们都对你怀有敌视，她们抱成一团，齐齐对付你，说你的坏话，散布你的谣言。你扪心自问，你从不曾得罪过她们啊。你想不通，这是为什么。

我笑了，傻姑娘，你无意中“伤”了人，却不自知。

好吧，沁梅，我们来做个试验。这会儿你那里的天空怎么样？是不是如我这里一样，夏日骄阳灿烂？那么，好，请抬头，仰望天空，双眼直视太阳。告诉我，你能坚持多久？一分钟？两分钟？还是更长时间？我想，你能坚持几秒钟就不错了。太阳的光芒那么强烈，我们的眼睛，如何吃得消！

人们常说，做人要学会藏拙。我却想对你说，你应该适当的露拙藏巧才是。越有才能的人，越懂得谦虚避让，低调内敛。这是一种修养，也是对他人的善良和好。因为，你过多的光芒，会灼伤他人，会碾碎他人的自尊和骄傲。虽然，那并非你的本意。

你也许不甘，有才华是过错吗？我的才华，从此就不能表露了吗？不，不，真正有才华的人，都是能盛得住才华的，而不是让它随处四溢。你当然还可以表露，只是在你表露的时候，也要带上他人一把，把你的杯中羹，也匀点给他人。那些浮云般的名利，能不要的，就不要了吧，也好留给他人一些机会。当你不耽于这世俗的名利追逐，不沾沾自喜于光环加身，不好表现，不时时把自己当做主角，你将变得外表恬淡，内心静美，宠辱不惊。这样的一个你，又怎能不让人喜欢和尊敬有加？

沁梅，想你也熟悉唐代才子林和靖吧？此人幼时就刻苦好学，通晓经史百家，却甘愿退隐红尘，结庐孤山，与梅和鹤为伴。他那首写梅的诗，实在是好：

众芳摇落独喧妍，占尽风情向小园。

疏影横斜水清浅，暗香浮动月黄昏。

——他和梅一样充满聪慧，知道如何避开俗世的锋芒和喧闹，独守自己内心的芬芳。

# 牵着蜗牛去散步

会飞的鱼，你好。

嗯，且让我想象一下，一条鱼长上翅膀的模样。它能飞上树梢，也能飞上天空。

你问我，梅子老师，你有难过的时候吗？你难过了会怎么办？

这个问题，我在不同的场合，被很多人问到过。看来，鱼有鱼的难过，鸟有鸟的难过，我们都有自己的小难过的。

就拿这会儿的我来说吧，状态不算好。我的腿又受伤了，是磕绊到一铁器家伙上，一下子弄出五道伤痕，暂不能行走了。我只能半躺着，羡慕着窗外的天空，哪怕是窗台上爬着的一只小虫子，也比我自由。我还惦念着屋外的桂花，和晚上的月亮。从栾树密密的枝叶间看过去，它多像一朵开得好好的水莲花。——我将有好几天不能在那些栾树下散步了，这是让我十分难过的事。

也有情绪很低落的时候。比如无端被人议论，无端受人非议，无端遭人排挤。若说一点不介怀这些，肯定是假的。它们也会让我的情绪，起一些小波浪，有某一时间里，突然坠落下去。也有时，说不上的，心里突然空空的，世间事仿佛都看透了，又似乎都没看透，人就那么忧伤起来，很难受。

小鱼儿，我们身处这尘世之中，再洁身自好，也难免被烟雾尘埃沾染上一二。偶尔的小难过，其实真没什么的。就像偶尔的受伤，那伤，也终究会慢慢好起来。

这么一想，沉溺于难过之中，实在是一件很划不来的事。我往往是，只允许自己难过一会儿，很快，我会用别的事情来驱走它。我会新学一首歌，跟着后面大声唱。或者，朗诵。反复读一首诗，直到背得滚瓜烂熟为止。当我的歌学完了，诗背完了，“难受”那个小东西，也就很知趣的，跑得不见影踪了。

我也会画点小画，随意在纸上涂抹色彩，赤橙黄绿，我想怎么缤纷就怎么缤纷，这也是极有意思的事。或者，翻着花样，做点好吃的点心，慰劳一下“难过”。不是说吃人的嘴软么？当“难过”那个小东西，品尝到我做的好吃的点心后，它摇身一变，变成快乐了。

你问我，会不会找朋友倾诉。这个可以有，但我不会那么做。我以为，谁也没有义务接纳你的坏情绪。“难过”是很自私的，它完全是一种私属行为，别人的安慰，也只能是隔靴搔痒。我们要学会的是，如何驱赶它，靠我们自己的力量。别害怕它的到来，每“难过”一回，我们的抵抗力，就增强一倍。

去做做义工吧，到孤儿院或敬老院里走一趟，陪陪那里的孩子和老人说说话，让“难过”那个小东西，自愧得隐遁而去。这世上，再也没有比助人更快乐的事了。

我还喜欢“牵着蜗牛去散步”。等着蜗牛一起走，时光就真的慢下来了。这样的慢行，让你听到鸟叫了。看到花开了。蚂蚁们正吃力地扛着一粒碎屑，它们齐心协力的样子，真叫你感动。一片落叶飘到水里，像帆，很快乐地，跟着流水远行去了。天空中的云朵，像团团的棉球儿，眼看着它要砸下来。“牵着蜗牛去散步”，你似乎重新认识了这个世界，你会发现很多有趣的好玩的事儿，心里的悲伤，也就不那么多了。

# 活着，完全是很自我的一件事

——梅子，有空吗？我来了几个朋友，他们想见见你。

我很想说我没空啊，因为我手头正忙。然我还是答应道，好啊。

——梅子，我有个朋友的孩子特别喜欢读你的书，你签上你的大名，给她送一本呗。

我想说，不，我手头还真没书可送。但说出口的却是，好吧，等我空了买来签送。

——梅子，下午有个座谈会，你准备一下，在会上发个言。

我心想着，什么破座谈会，无非一帮所谓文人墨客互相吹捧。但我不能这么说啊，我于是很好脾气地笑，能不能请个假？我有事呢。

那边不乐意了，说，谁没个事啊，你就别拿架子了，大家等着听你的发言呢。

哦，我快把自个儿吞了。

——梅子，晚上一起吃个饭吧，就文友圈子里的几个人，大家好些天没聚了，热闹一下呗，给我个面子啊，你可千万不要说没空啊。

好吧，退路都帮我堵住了，我还能说什么。

——梅子，明天有个集体活动。哈哈哈，你知道的，也就是玩玩喝喝啦，去吧，你不去，大家会失望的。

我说，好啊。

——梅子，你能否帮我的新书写个序？多少字你随意，以你的影响力，帮帮兄弟我好吗？

高帽子都给我戴上了，且语气如此诚恳，容不得我有丝毫犹豫，我说，好啊。

——梅子，我家孩子别的学科都还好，就作文不好，你抽个空帮忙辅导一下好不？拜托亲爱的了！

可是亲爱的，我没空啊，——我好想这么说，但我说不出口。我听到我很不争气很虚伪地说，好的，没问题，你把孩子送过来吧。

曾经，我是这么“好说话”的人，我怕得罪人。我怕人说我清高不合群。我怕大家都是白的，独独我做了黑的。我怕被孤立。我来者不拒，赶赴着一场又一场的“约会”，出席一场又一场的活动，揽下无数额外的活计——帮人写序写推荐，替人摇旗呐喊，帮若干的认识不认识的小孩子改作文……赢得一个“此人很好相处”的“好名声”。我为此一次次违背自己的心愿，牺牲掉自己的健康、时间，还有好心情。

我到底累倒了，不得不住进医院做了一个手术。我躺在病床上，伤口的疼痛，成了我感知这个世界的唯一。我终于明白，活着，完全是很自我的一件事。病好之后，我回绝掉一个一个的宴请和活动。我安静在自己的小天地里，读点书，写点字，画点小画，和花草们厮混。兴致来了，我还会诸事皆抛下，做只闲云野鹤去远足。我的双颊，日益红润。我的心灵，日益饱满。我自然为此得罪了不少人，让他们很不待见我，骂我清高，说我狂妄，说我脾气古怪。好吧，我就清高了，我就狂妄了，我就脾气古怪了，关卿何事？你们说我好，我不会多长一块肉。你们说我坏，我不会掉下一块肉。我不想做的事，不想见的人，我统统可以说，NO！

结果是，这个世界，没有因我的拒绝而发生一点点变化，花还在开，叶还在绿，月还在升，日还在落。我反倒因此赢得了自由和时间，读了不少好书，写了不少好文章，看了不少好风景。

沁瑶，你现在的苦恼，跟我当年的如出一辙。我也不好让你放弃什么，选择什么。生活是自己的，该走怎样的路，

你应该听听心的意愿。只是啊，我想告诉亲爱的，千万不要因为迁就别人，做些无意义的事，而一再把自己弄丢。到头来，赔了时间，赔了精力，赔了心情，在表面的光华里，一事无成，真是好可惜的。

# 且许他几年海阔天高

洪姐，你好啊。

你焦虑的事，是不少的父母，都正焦虑着的事。天下做父母的，本同一心，痴心父母古来多。

曾经，孩子是一只温顺的小羊羔，成天粘着我们，不肯离开半步。我们习惯了大包大揽，习惯了在他跟前指点江山，习惯了让他对我们马首是瞻，言听计从。也习惯了他对我们的依赖和跟随。我们一直扮演着那个无所不能的角色，恨不得为他扫除前路上的一切障碍，让他一世衣食无忧，生活安康。

可是，他终究是要长大的。他像只羽翼渐丰的鸟儿，外面的世界只轻轻一招手，他就压抑不住想飞的欲望，世界多大啊！他不听你使唤了，他飞走了。

你一时间惊惶失措，被他填满的日子，一下子空了下来。你找不到生活的重心了，你以为这一生这一世，都是为他而活的。你胡思乱想。你神思恍惚。你气急攻心。以为儿大不由娘了，你为此失魂落魄。

这些隐蔽的失落，你是不与人说的。表面上，你只是气他由着性子来，放着你给他预设好的平坦大道不走，偏要揣着什么青春梦想，去闯荡江湖，尽往着崎岖小路去，过着朝不保夕的日子。

你说你朋友的小孩，考上公务员了，进了政府机关了。你说你同事的小孩，有的进了海关，有的进了高企，再不济的，也能考进事业单位，有个事业编制，过着舒坦又风光的日子。他们说起自家的孩子来，一个个眉飞色舞。只有你，说起他来，支支吾吾，黯然神伤，心碎了一地。

你说你不服啊，当年，考大学时，他的分数远远超过你同事和朋友的小孩。念的大学自然比他们的小孩要好，可毕业出来了，怎么就一个天上一个地下了呢！人家孩子风风光光，他却还在东奔西走，南下北上。一晃都两年多了，也没个正经事做。问他，他颇理直气壮，喊，我自己的路自己走！你被他噎得半死，想想，多年的努力，全等于白费了。

你说凭他的实力和聪明，考个单位，拥有一份轻松稳定的工作，完全不成问题。你也曾晓之以理，动之以情，说只要他稳定下来，房子车子啥的，都不用他愁，你们会帮他把一切都搞定，只要他过得不辛苦，能有一份稳定的拿得出手的职业。然他就是一根筋，直走到底了，从前听话的小孩，成了最叛逆的。

洪姐，我听你说了大半天，你的重点似乎都在说你愿望的落空，你面子上挂不住，你难以接受一个不按常理出牌的孩子。毫无疑问，你是爱他的。可我看着，怎么觉着你更爱你自己呢。因为，你根本不在意孩子想什么，孩子喜欢什么，你全盘否定他的南下北上，却很好笑地画了一个圈儿，要二十大几的孩子，乖乖钻进去，做你永远的“宠物”。哎哎，若换作是你，你愿意吗？

我们总自以为是大人，是吃的盐比孩子吃的米还多的大人，用我们的生活经验，来指挥他们的人生。殊不知，这恰恰是剥夺了他们的人生啊。完整的人生，它里面应该包含挫折、失败、弯路、哭泣、疼痛、迷惘、危难，甚至绝境重

生，而不是被我们过滤过的一路顺通，鲜花簇拥，波平浪静，碌碌如荒野。失去磨砺的孩子，他的意志力、包容心、责任心和担当，必将稀缺得可怜。你的孩子敢于自己去闯荡，你应该为他骄傲和自豪才是。

洪姐，放下你的焦虑，你且许他几年海阔天高。只要他不偷不抢，不坑蒙拐骗，不杀人越货，能遵守内心的道德底线，遵守社会的规则和准则做人，就由着他去闯荡好了。当然，谁也不能保证他必定会取得成功。但不试又怎么会知道，万一成功了呢？又，无论他经历什么，闯荡本身对他来说，都是一笔巨大的财富。

纵使输得一无所有，又有什么要紧？他有年轻垫底呢，可以从头再来。到时，你再让他去考编制考职称啥的，也为时不晚。

# 让每一场遇见都不虚度

绿萝，你好。

我很想借个肩头让你靠靠，很想抱抱你。

多日来，你沉浸在失去好朋友的疼痛中。他是那么开朗阳光的一个人，却因膝盖上长了一个瘤，恶性的，而要去他的性命。你无法接受这个事实。你问我，人活着，究竟为的是什么？一个个来了，一个个又走了，最终什么也握不住。

亲爱的，我们每个人的生命中，就是在不断地遇见，不断地别离啊。读小学二年级时，我的同桌凤，一个有着饱满的圆脸蛋的小姑娘，在一场伤寒中闭上了眼睛。那是我第一次知道，人走了，永远再遇不见了。小小的心里，有惊惧，有不舍，期望着再相见。有时上课，一扭头，似乎看见她还坐在我的旁边，圆脸蛋像只红苹果。

我十岁那年，跟我玩得最好的表哥溺水而亡。我二姑悲痛得语不成调，好几天粒米未进。然生活还得继续，再多的伤痛，时间也会一一抚平。一些天后，再看我二姑，她脸上又有了笑容，看见我表哥生前之物，也没那么伤心了。你表哥他去了天堂，她告诉我。那时我以为是真的，觉得总有一处，在收留着这些故去的人，他年会再度相逢的。

后来陆续的，又有一些我熟悉的人故去，同学、朋友、师长，还有最疼爱我的祖母、祖父。每一次失去，也会痛，但都能平静地接受。因为我渐渐明了，我们来到这个世上一遭，原就是为了来相聚一场，而后别离。只是有的人会相聚得时间长一点，有的人会短一点。不管时间长短，有缘相聚，都值得庆幸和感激。

我们的生命中，还将有人不断故去，亦将有人不断遇见。而最终，我们也将成为故去的一个人。正因如此，每一次遇见，才显得格外弥足珍贵。我们要做的，是珍惜。花开的时候，不要错过。天上有月的夜晚，多仰望天空。

就像这几天，我每晚都要出去等月亮。我在长着梧桐树、樟树和栾树的林荫道上，慢慢走。秋已渐浓，栾树的枝头，开始点起了“红灯笼”。那些红灯笼一样的果实，即便是暗夜里看着，也是很显目的。秋虫的叫声，变得切切。告别的大幕已拉开，它们，将要和青草、花朵、鸟雀、树们别

离。遇见过，热闹过，对它们而言，这就够了。梧桐树的叶子，掉落了不少，踩在脚下，发出清脆之声。它们曾蓬勃在枝头，如今，纵然跃下，无惧无畏。它们将化为泥土，供养明年枝头的又一蓬青绿。

这世上，哪有真正的别离呢？总会化成另一样的存在。比方说，成为泥土。成为养料。成为风。成为雨。成为露。成为来年的叶子、青草和花朵。

月亮也就从东边的一排树的后面，长出来了。那些树木的后边，是河流。河流的后边，是村庄。村庄的后边，是庄稼地。我猜它是从庄稼地里长出来的。就像长棉

花一样的。它就像一朵大大的棉花。

我追去河边看。我如愿看到河里，也长出来一个大大的月亮。风吹着清凉，虫鸣声响在耳畔，桂花的香气，在深处。我在有月亮的天空下。我在河边。我在时光里。有那么一刻，我感激得想哭。我为什么来到这个世上呢？我来，就是为了遇见这些美好的啊！

亲爱的，花开花落，自有命数，但我们总可以握住当下。比如说，天上的这一轮月。只要你肯走到屋外，只要你肯抬头，你就能赏到。比如说，那密密的桂花开了，我们可以去闻香。我们还可以摘下它来，做桂花糖藕吃。或做桂花汤圆和桂花饼，让日子里充满香甜。比如说，和家人一起，守着热气腾腾的餐桌，一边吃着，一边随便聊着。他们在，你在，这便是拥有了。

时光不多，珍惜每一寸的好。让每一场遇见都不虚度，这就是活着的意义吧。

# 时光仿佛从不曾流走

还记得我们的初相见吗，朵朵？

夏天的傍晚，天边有好看的火烧云。我散步至郊外，突然在路边的草丛里看见你。其时，你不过拳头大小，像只黄白相间的绒球球，正在草丛里，跳上跳下捉虫子玩。

我脱口唤道："朵朵——"我也不知我为什么要这么唤你。或许因为，我把你当做草丛里的一朵花。你停下来，抬头好奇地打量我，一副不谙世事的模样。有好一会儿，我们就那么对望着，我对你微笑，我相信，你也在对我微笑。

天渐渐暗下来，四野里，虫鸣声渐起。路边紫薇花的暗香，飘得若有似无。我对你说："乖啊，你继续捉虫子玩吧，我要回家了。"走几步，回头，却意外发现你跟在我身后。我蹲下身子唤你，你稍稍犹豫了一下，就乐颠颠乐颠颠跑到我跟前。我问你："朵朵，是不是想跟我回家？"你小声"喵"一下，算作作答。我左右看看，没看到人，断定你是出来流浪的。

在此之前，我并没有打算要收养一只猫咪的。但你乖巧的样子，实在让我拒绝不了。我抚抚你的小身子，我说："那么，好吧，我们回家。"不知你是不是听懂了我的话，你很高兴地跑到我的前面去，坐下来等我。三四里地，你就那样一路跟着我，一直跟到家门口。

你用两天的时间，熟悉了家里的地形。到第三天，你已开始楼上楼下跑着玩。我在房间里看书，突然听到门上你挠爪子的声音。开门，你一个箭步冲进来，这儿看看，那儿瞅瞅。最后，你跳上了我的床，非要躺到被子上去不可。我说："朵朵，你身上脏呢。"你却天真地看着我，喵喵叫，仿佛在说："不脏不脏。"且伸出你粉红的小舌头，很认真地把你的小脚，舔了又舔。我的心当下一软，由了你去。从此，我的床，成了你的安乐窝，你在上面四仰八叉地躺着，很享受。

你爱吃鱼，这不奇怪，你的祖祖辈辈们都爱吃鱼。可你还特别爱吃零食，这就有点奇怪了。小孩子们爱吃的巴巴脆、虾条、雪米饼，你统统爱吃。只要一听见我拆包装纸的声音，你就兴奋地飞扑过来，绕了我的脚跟撒娇，很缠绵地叫，直到我把零食拿给你。你吃得可真香啊，小脑袋直晃悠，边吃还边偷空看看我，很感激的样子。

我去上班，不得不把你单独留在家里。你无奈何，跳上窗台，目送我走。我下班回，你在院内听到我的脚步声，立即叫起来，一声声，催人肠。我打开院门，你正候着呢，仰了脖子冲着我，叫得更为急促了，似乎很委屈了。我抱起你来，轻轻抚摸两下，你一下子就把委屈给忘了，闭起眼，咕噜咕噜的，很享受。

我们厮守在一起，我看电视，你也看。我看书，你也看。我翻过一页去，你眼睛滴溜溜地，跟着翻过一页去。你

乖巧得让我恍惚，尽管外面风声雨声，我们的屋檐，却是安稳的。有我在，有你在，时光仿佛永远是这个样子。

你越长越漂亮，一年不到的时间，你已长成一个漂亮的“大姑娘”了。不知是不是外面的春光太满，招得你频频外出，你开始跟我玩失踪。我满世界唤你，唤不到。而几天后回家，却发现你正蹲在院门口，若无其事地看着我。我问你哪里去了。你不答，只管缠绵地绕着我的脚跟转，你用这样的举动，跟我道歉。

终有一天，你不告而别之后，再没有回来。彼时，外面的世界，大朵的红花黄花，正开得噼呖啪啦。这样的季节，适合谈情说爱。那人安慰我，说你肯定跟着你的爱情走了。我信。朵朵，你有你的天长地久，我替你感到幸福。

只是常常不自觉地会想到你。一次，我路过草丛，看到一只小猫，真像初相见的你啊，它也有着好看的眼睛、鼻子和嘴唇，也有着黄白相间的毛。它的活泼也一如你的当初，跳上跳下的，在捉虫子玩。我呆呆地站在那儿看着，时光仿佛从不曾流走，路边的紫薇花开着，天边有好看的火烧云，朵朵，我们相遇了。

NO.3

# 我们都不是完美的人

我们都不是完美的人。正因如此，我们才要在这个世上，寻找美好，一点一滴，润泽我们的人生。最终，相逢到一个更好的自己。

# 我们每个人，都是自己的风水

芙蓉，你好。

知道吗，在见到你名字的一刹那，我特别想对你念一首诗。是宋代词人吕本中的：

小池南畔木芙蓉，雨后霜前着意红。

犹胜无言旧桃李，一生开落任东风。

木芙蓉长在池畔，秋来，雨一场，霜一场，别的花都已凋零殆尽，它却越开越绚烂。寥落而清寒的深秋，因了它，有了明亮和明媚。

我的小区旁长着这么一大丛。秋来，它开始慢慢地打苞，累累的，子嗣众多。然后，一朵一朵，慢慢开，嫣红的，如浮霞一般。路过它，我总要一边欢喜，一边生出些敬意，它是怎么抵御住春的繁华烂漫，夏的喧哗闹腾，而一路走到秋的？且在秋的寂静与衰落里，捧出一捧的鲜艳色。我想，内心的坚韧，比什么都重要。

亲爱的芙蓉，人生难免会有些曲折，天灾、人祸、疾病、遇人不淑，等等等等。哪一样，都足以打破我们原有的平静，让我们不得不承担一些痛苦和眼泪。可人的一生，又恰恰因这些曲折和挫折，才得到磨炼。抚着往昔的伤疤，我们才知避让前路上有可能再绊倒自己的石头，也才知道寻常的拥有，多么叫我们感激。

你跌倒过，而且这一跤，似乎摔得不轻。你说29岁之前的经历都太虚假了，你为此付出的代价是，成了一个单亲妈妈。你阔别你生活了20多年的家乡，离开父母和孩子，一个人出外工作。最初的愿望，是朝着美好的方向奔的，你只想努力攒钱，把孩子好好培养成人，让父母少操些心。但事与愿违，你想拥有的幸福，并没有来敲你的门。生活仿佛专门跟你作对，使你日日都活在不如意中。再看你身边的那些人，他们个个活得鲜衣怒马，神采飞扬，你的心理很不平衡了，你忌恨他们，逃离他们。凭什么呢，他们就能那么快乐，而你的人生，却要苍白地继续？你在这样的忌恨中，一日一日扭曲着自己的心灵。

哎，亲爱的，这真是自己喝汤，就见不得别人吃肉呢。有点好笑的是不？你且收起脸上的怨气，把目光放平和一些，再平和一些。然后，你冷静地想一想，你究竟想要什么。是继续纠缠于过去的失败中，与自己为敌，使自己不痛快呢，还是选择与自己和解？结局已经是这样了（你不接受也没办法），再坏也坏不到哪儿去。那么，你何不放宽心，让自己愉悦，好好地过好每一天？当你纠结于嫉妒与恨之中时，你的现状，并没有因此改变一点点，反而使自己活得更加痛苦，更加不甘。这样无休止的恶性循环，最终只能使你变得越来越糟糕，越来越面目全非。

倘若你换一种活法呢，能为他人的幸福而高兴，并努力向着这样的幸福奔，结果又会怎样呢？与阳光待在一起，不管怎么说，身上总会落下一点两点的阳光。当身上的阳光越积越多时，你也会变成一个幸福的人了。

佛家讲风水之说，说一个人身边的风水好了，这个人便会顺顺利利。我以为，风水不在他处，恰恰在我们自身。我们每个人，都是自己的风水。当一个人心里盛着愉悦和欢喜，那么，在他的脸上，必然呈现出善意的光芒，他做事，便会越做越顺。反之，一个人整天处在悒郁忌恨之中，呈现在他脸上的，必然是灰暗阴霾。这样的人，谁愿意与之为伍与之亲近呢？他又如何能把事情做好？一个和善快乐的人，感染的不仅仅是他自己，还有周围的人。周围的人，又会用他们的和善快乐来回赠他。这样的人，自会有幸福去敲他的门。

所以芙蓉，放下你的嫉妒和恨吧。因为你的处境，不是旁人造成的，而是你自己。过分的忌恨别人，只能使你的内心，背离幸福越来越远，到最后，损伤的是你自己的“风水”。你的孩子有你这样的妈妈，他又怎么能健康成长？你的父母有你这样的女儿，他们又怎么能够安度晚年？

为了他们的幸福，芙蓉，你也要试着和自己好好相处，让自己的内心，多一点柔软，多一点快乐，多一点爱意。你也要学着让自己漂亮起来，每天化个淡妆，穿件漂亮的衣裳。有闲钱的时候，不妨买几盆植物回去，看它们一点一点地长叶，开花，让生命的欢实，充盈你的内心。还有，多看点书，书会打开你的人生格局。努力做好手头的事，并找出自己的兴趣点。如果你喜欢画画，不妨每天画两笔。也可从头来学，学烹饪学裁剪学插花，什么都可以，只要让自己活得充实就行，每一天都不虚度。这样走下去，你哪里还有精力去忌恨别人？到时候，你已是一朵真正的芙蓉花，艳艳地照亮别人的眼，别人怕是羡慕你还来不及呢。

## 赞美的力量

果妈，你好。

收到我的信，也许你会感到很意外吧？是你儿子果的一封信，促使我想要跟你聊几句。

你的儿子果，是个很优秀的少年呢，他读书，从小学，到初中，一路做着好学生。却有个困惑埋在心底，他说他做得再好，也从未得到过你的赞美。即便他参加全市物理竞赛获得一等奖，你也表现得很淡定，对他说，别骄傲，山外有山，楼外有楼。在你眼里，他一直有着欠缺。你不知道，这对他打击有多大。

果妈，也许，你是想用你的淡然，来激发孩子更大的斗志，你的赞美，是放在心里的。也许，你是怕孩子骄傲自满，故意看轻他取得的成绩。——不管你是出于什么目的，一个极少获得赞美的孩子，他会越来越失去自信。

我想跟你说个与赞美有关的故事，我亲历的。

半年前，我遇见我的一个老同事，从前她做后勤工作，我们接触不是太多，遇到也只是点点头，招呼一声。至多是这样。

她于哪一年退休了，我并不知。偌大的学校，多一个员工，少一个员工，不大显现。只是偶尔我拐过图书楼一角时，才想起好久没看见她了。从前她喜欢站那里，和图书馆的一个老师聊天，玫红的衣裙，打扮得挺精神。有葱兰花儿，小白蛾子似的，绕着墙脚开。

那日她来，是来有事的，脸色很憔悴，似有万分的不如意。我冲她笑笑，招呼她，她也只冷漠地点一点头。然她一袭玫红，却自有着鲜艳和明亮。我忍不住夸道，你穿玫红真好看，你的身材保持得这么好。

她本是要走开的，听我这么说，很意外，站住，侧过头来看着我，笑慢慢爬上她的脸，她问我，真的吗？我肯定地告诉她，真的。

电梯旁有穿衣镜，她冲里面瞭一眼，点点头。电梯来了，她笑着走了。

一些日子后，她托同事捎来口信，说她特别感谢我。同事说，她现在天天去公园跑步，还报了个老年绘画班，在学绘画。六十多岁的人，看上去一点儿也不像。

原来，我那次看见她时，她正跌到人生低谷，儿子和儿媳离婚，她自己又查出一身的病，觉得人生了无生趣。我随口两句的夸奖，像点醒了梦中人。她在镜子里看到她自己，还不算老，还能跑能动，身材也还不错。她想，我应该活得很快乐的啊。

她去学绘画，跟五颜六色打交道。她每天去公园跑几圈，顺便看看花草树木，听听鸟叫。一身的病，竟渐渐消减了，血压和血脂也都降了下来，人也变得面色红润。最近，她又加入一支老年舞蹈队，在里面做了领舞的，很风光。我能想象她的样子，一袭玫红，旋转起来，还当如一朵芍药花。

我想起以前在作家班读书，遇见一个小男孩，他告诉我，他家养了好几大盆兰花。我家的兰花，开得特别好，花朵特别大，是世界上最大最好看的兰花。因为，我每天都对它弹琴呀，赞美它呀，小男孩一边比划着，一边得意地说。他妈妈在一旁证实，说每次孩子的琴声响起时，那些兰花都有反应，花瓣儿随着音律轻轻颤动呢。

果妈，你信吗？反正我信。花草尚且需要赞美，何况我们人呢？轻轻的一句赞美，有时，顶得过送人一个春天。

## 不要活在别人的眼光里

乔乔，读你的信，我真有点喘不过气来了。说真的，我替你累得慌。

你说你是个性格内向的人，你害怕孤独，害怕别人不喜欢。为了赢得大家的认可，你几乎穷尽你的热情。你听着自己不喜欢的音乐，看着自己不喜欢的电影，剪了个自己不喜欢的发型，穿上自己不喜欢的裙子，只为，她们说好。你帮这个晒衣裳，帮那个收拾床铺。你帮这个抄课堂笔记，帮那个去食堂打饭。只为，赢得她们说一声谢谢。她们笑，你跟着笑。她们不开心，你跟着表现得愁眉苦脸。你如此的小心翼翼，她们还是不能接纳你，她们有着她们的热闹，却把你排除在外。你有一点点的小瑕疵，她们竟联合起来，抓住不放，挖苦你，打击你。你问我，你究竟做错了什么，你为什么找不到一个懂自己，可以倾听自己的人？

知道吗乔乔，我真想拿把大锤敲敲你。傻姑娘，你醒醒吧！

你是错了，大错特错了！你干吗要活在别人的眼光里，完全没了自我？要知道，你是一个独立的你呀，你有你的心，你的脚，你的手，你做什么，不做什么，应该自己做主。而不是看着别人的眼色行事。你不是线牵的木偶。

我曾远足去一个偏僻的山沟沟。那个山沟沟，一眼望过去，除了石头，还是石头。偶尔的灌木也是有的，只是稀稀落落的，杂乱无章地长着。听不到流水声。听不到鸟鸣声。用“荒凉”两个字来形容它，真不为过。可是，我的眼睛里，突然跳进一朵红。我不能确信，等我走近了看，果真的，那是一朵花。

它撑着红艳艳的小脑袋，从灌木丛中，探出大半个身子来。

那一刻，我真的为那朵花感动。它没有为讨好谁，而丢失了自己。你来，或者不来；你欣赏，或者不欣赏，它都在那里。到它该盛放的时候，它就认真地盛放，一点儿也不含糊。无人注目又如何？风会记得它的香。蝴蝶也记得。蜜蜂也记得。我看到一只小蜜蜂，飞了过来，停在花间，亲吻着它的花蕊。它用它的绚烂，点亮了整个山沟沟。

乔乔，你也是朵花的，你有你的芳香，你有你的绚烂，没必要自轻自贱。这世上，芸芸众生，各有各的活法。又萝卜青菜，各有所爱，你讨得了这个的喜欢，那个未必也喜欢你。如若一生，都奔波在别人的眼光里，你这一生，还有什么意思？我们是人，不是神。即便是神，也有人不喜欢呢。与其想尽办法，拼尽热情，去讨得别人的欢心，还不如修身养性，对自己好点儿，痛痛快快为自己活一场。花是因自身的绚烂和芬芳，才引来蝴蝶蹁跹，蜜蜂顾惜。

乔乔，记住，这个世上，只有一个你。你就是你，是举世无双天下唯一。你要努力的是，做最好的自己，让你的独特，无可替代。

## 我们都不是完美的人

我总会无意地与父母发生冲突，感觉随着自己长大，他们有些缺点越来越突兀地显现在自己面前，他们会不分场合地发脾气，就像张爱玲说的那样，只有在父母形象趋于崩溃的时候我们才会真正认识他们。

——小鹿 19999

我还是叫你小鹿吧。

小鹿，我先给你讲一个小故事吧：

一个山沟沟里的贫穷人家的小女孩，有一天，她被带到城里一富裕人家。在那里，她第一次看到了吃饭有专门的餐桌，有漂亮的碗碟，食物也是那么精致好看，品种又多。她第一次看见睡觉的房间，可以那么明亮，里面堆满了玩具。

她第一次见识了宽大的浴缸，和能不断喷水的喷洒，喷出来的水，都是温热的。她第一次见识了那光滑的泛着釉光的东西，居然是如厕用的。她第一次穿上真丝的衣裙，漂亮的红皮鞋……是的，小女孩呆掉了，她不知道，这个世上，还有这样的一种活法，与她贫穷的山沟沟是多么不同。

小女孩起初是兴奋着的，对什么都好奇，她吃着她从未吃过的美食，穿着她从未穿过的美衣，睡着她从未睡过的席梦思床，玩着她从未玩过的玩具，她很快乐。但，这快乐也只持续了几天，她想家了，闹着要回家。有人逗她，你从此，就在这里生活好不好？这儿就是你的家。小女孩愣愣看着那人，突然哭了，不，我要回我自己的家。那人不解，说，你家那么穷，有什么好？在这个家里多好啊，这些玩具都是你的。小女孩抽抽噎噎答道，可是，那里有我的爸爸妈妈呀。

小鹿，不知你听了这个故事，有什么感受。有爸爸妈妈的地方，才叫家。尽管，小女孩的爸爸妈妈，完全活得没有城里人高雅、有品位。他们粗糙。他们皮肤黝黑。他们身上整天都是汗味。他们不能够慢言轻语地说话，一说话就是大嗓门，又快又急，也许还拌有一些乡骂……可是，那是她的爸爸妈妈，是她的！任何人都不能替代的。

不可否认，当这个小女孩再长大些，她的心理，会发生一些变化。她会发现父母的不足，哎呀，怎么那么粗陋怎么那么原始落后呢！哎呀，从前怎么就没发觉呢！她因此会在内心有着排斥。——这其实是我们每个人的成长历程。小时，哪怕自己的父母再不济，在自己的眼里，也是无所不能天下无双的。我们绝对的崇拜，不敢拂逆，因有了他们，我们天不怕地不怕，世界都是安全的。然经年之后，我们大了，个子超过他们了，他们却矮下去了。我们再看他们，得俯视了，我们看到他们头顶，稀疏的头发，看到他们的矮小衰老，看到他们的怯弱无能。哦，这么多年的仰视，总以为他们是完美的，是超能的，原来完全不是那回事！我们觉得上当受骗了，我们受不了了，我们放大着他们身上的缺点，生着小小的怨恨。

可是小鹿，你有没有想过，你是完美无瑕的孩子吗？既然你不够完美，为什么要求父母完美？父母也只是普通人，不是圣人，就算是圣人，也还有不足呢。比如孔子，就缺乏平民情怀，轻视稼穑。

我们都不是完美的人。正因如此，我们才要在这个世上，寻找美好，一点一滴，润泽我们的人生。最终，相逢到一个更好的自己。

小鹿，不要再对父母生出怨愤了。亲人之间，应该多些包容，你说呢？不管怎样，父母总是爱你的，你可以等他们心平气和时，说出你的想法你的感受。当然，要讲究说话的方式，不要一味指责和埋怨。谁也不喜欢听指责的对不？你长大了，父母就老了，天地循环，如此残酷，又是理所当然。父母终将成为孩子，你终将成为父母。你得搀扶着他们走路，就像从前，他们弯腰搀着你，教会你走路一样。

# 一个人最大的资本，是自我强大

梅姐姐，一直欣赏着，读着您的博客，也看了您的书，很欣赏您的自然优雅的生活态度，今天向您求助。希望您不介意！

我是即将毕业的研究生，因为感情和就业的问题，我一直内心很矛盾很矛盾，也很痛苦，我希望您能读完我的信，提一提您的看法，因为我没法抉择。谢谢您了！

不得不承认，我很容易受人影响。可以说我是个不自主的人，关于我的工作和择偶这两个人生的重大问题，我一直在犹豫不决，因为这两件事息息相关，不可能独立存在。

先说说工作。工作有三个去向，一是回家。回家的好处是生活安逸，有父母亲友的支持帮助，什么事办起来相对容易，包括找工作和找对象。但是不可否认，我的任何事情都会大大地受家人的影响，影响自己的判断力。我就不是在为自己而活了。

二是留在大城市。有几个选择：争取留校，我现在在做兼职辅导员，不是正式的。但是说如果想留校，就准备做好长期艰苦的打算，不能像现在这样得过且过地混日子，就得时时处处表现，让领导记住自己。而且，即使学校招聘，那么多人竞争，二加二的，有关系的，外校的等等，我太弱势了，什么都不占，所以，留校的希望满渺茫的。还有其他的工作机会进一些大专院校，或者进公司，但是现在都还没有着落，很难说。也就是说，留在大城市我的确是在为自己而活，可是就会辛苦一点，艰难一点。是选择艰难的自我，还是安逸的无我，很难抉择。

三是随遇而安，哪里要我去工作就去哪里，什么广州、厦门、江浙一带的，只要有学校愿意要我，我就去。这就很自由了，要是没有感情的干扰，我就随遇而安了。

再说感情。和上一个男朋友分手，最大的原因是性格不合，他虽然学历高，可是性格古板执着，特别啰嗦，总是想改变我的性格，总是管着我，我实在受不了，就分手了。

现在我喜欢上一个大我两届的学长，专业能力特别强，准备自己开公司。他属于那种精神力量很强很强的男人，很吸引我，他也刚刚和女朋友分手，我们很聊得来。他对我很好，我知道他希望我留下来，所以我现在有点混乱。留下来的话，意味着有可能和他发展，回家或者去别的地方，我们就不可能了。因为他的所有关系网和人脉都在这里，去别的地方得一切重新开始。

我苦苦思索很久，本来想排除感情的因素，来考虑自己到底要往哪走，可是最后发现，根本不可能排除感情的因素，想到他我就很难选择，不知道该怎么办。有时候也狠狠地想，男人都是靠不住的，他不也分手了好几次吗，也许对我也是一样吧！还是不要想他了。可是他每次问我："你问问你自己，到底想要什么？"我都在心里说："我想跟你在一起。"可是我又对他的感情不敢肯定，我怕我付出一切后，结局又是分手，那我到时候该怎么办呢？

梅姐姐，我是选择为了爱的人，放弃回家的安逸。还是狠心地放弃这份感情，以工作为主呢？

我想得快崩溃了。

您要是有时间，能不能说说您的看法？静候佳音！！万分感谢！！

——躲在贝壳里的珍珠

珍珠你好。

你的长信，被我原封不动搬了出来。那是因为，你，恰恰代表了很大一部分年轻人。他们和你一样，一直生活在校园那个“象牙塔”中，做着一些粉彩的梦，没有经过风，没有历过雨，过着舒泰安稳的日子。一旦要离开那个象牙塔里的“温床”了，种种的不适就开始降临，害怕，胆怯，患得患失。只想缩回到“贝壳”里面去，做那颗安安静静的珠子。

然你们，终究是要长大的，总要独自去承担一些风，历经一些雨，才能使自己的人生完整起来。

你现在的纠结，说白了，就是害怕自己承担。你的潜意识里，一直有个声音，在劝着自己妥协：我不想奋斗呀。我不想前途渺茫呀。我不想长期艰苦呀。我要的是现世安逸呀。我要的是永生永世的不变心呀。

真是好笑！春去秋来，花开花谢，草荣草枯，沧海桑田，这世上哪里有一成不变一劳永逸的事呢！你虽顶着个年轻的容颜，却裹着颗暮气的心，一点斗志也没有，一点尝试拼搏的勇气皆无，到最后，你不淘汰你自己，这个世界也会把你给淘汰了。焉有哪个傻瓜会当你是手心里的宝贝，久久爱着你？

珍珠，现在摆在你面前的路，其实是很明晰的，一条路是继续做躲在贝壳里的“珍珠”（你这昵称，很大程度上反映了你的心理哎），还有一条路是走出“贝壳”，做回自己，为自己活一场。

这很难抉择吗珍珠？人来这世上一遭，若事事都顺着他人安排好的路走，从青春，一下子就能望到年老，一点挑战性也没有，一点波澜也不起。你说，这样的活着，还有什么劲啊，与木偶又有何异？你读研的目的，难道就是为了走上这样的路吗？如果是这样，那你这些年的书，算是白读了。古人云，学以致用。说的是学习最终的目的，是要回到现实中去，实现自我。

是的珍珠，我提到“自我”两字。你现在之所以患得患失，是失去自我的表现。你把你自己给弄丢了。却用爱情来做借口，说是为了爱情要怎样怎样，又害怕着爱情是靠不住的。珍珠，我且问你，一个丢了自己的人，在这世上，还有哪样东西是他能靠得住的呢？

一个没了自我的人，说得不客气一点，他就是个包裹。这样的“包裹”，让他人以“爱情”的名义背上一阵子可以，教他人背上一辈子，不离不弃，永守初心，怕是难。谁会傻到让自己的人生一直负重前行？你愿意吗？

珍珠，安全感不是他人给予的，而是你自己。一个人最大的资本，是自我强大。在现实的历练中，既担得了风，也负得了雨。谁谁谁若从他身边抽身而走，他也能独自存活，且活得葳蕤茂密。且好的爱情，是并肩而行，绝不是一个依附于另一个。完全依附于他人的爱情，纵使得到了，也少了应有的尊严。

珍珠，梅姐姐真诚地希望你，不要让自己成为包裹。尝试着为自己活一场吧，也许会遇到挫折，会遇到失败。但没关系啊，你还年轻，跌倒了，有的是爬起来的机会。只有自己做自己最强大的后盾，你才能无所畏惧。

## 学会尊重和感恩

冉冉，在读你的信的时候，我的眼前，晃动的却是一位妈妈的样子，她无助、孤立、茫然、难过，夜不能寐。月光下，她静静伫立，默默祷告，上天啊，请保佑我的孩子！

我曾经也是这样的一个妈妈。我的小孩，是我一手带大的。他小时体弱多病，半夜三更，我一个人抱着他往医院跑，看针管插进他细嫩的皮肉里，我哭得稀里哗啦，比剜了自己的肉还疼。他会走路了，我高兴得恨不得让全世界都知道。他会说话了，那声音在我耳里听来，是最美妙的天籁。他能背着书包去学校了，我担心着一路的车辆，别碰着我的小孩啊。天冷了，赶紧给他加衣。再忙，也赶着回家给他做饭。他就是我的小宇宙。

不知不觉中，他长大了。他经常跟我顶嘴了。他不屑听我说话了。哪怕我说的话再有道理，他也要对着干。有一段日子，他的口头禅是，你懂什么！他用“代沟”这个词，把我这个做妈妈的，拒之他的心门外。那些日子，我很不争气地偷偷流过眼泪。夜里睡不着，坐床上叹气，心绞成一片一片的，不知拿我这个小孩怎么办。大清早的，却忙着起床，去买他爱吃的早点。

冉冉，这就是妈妈。天下的妈妈都是这般的，对孩子无限包容和爱着。我想，你的妈妈也不例外。

你说你又和她吵了一架。你嫌她老是管着你。你嫌她说话啰唆。你嫌她不尊重你的隐私，偷偷翻看你的日记本。你嫌她老用她的老经验来教育你。你说你好羡慕我的小孩，好羡慕他有我这样的妈妈。我得惭愧了冉冉，因为，我这个妈妈，在我的小孩眼里，也有着诸多不足呢。虽然他已长大成人，我还是对他啰唆着，操着操不完的闲心。

曾看过这样一个故事，一个女孩子，和妈妈拌嘴了，一气之下，离家出走。妈妈在一夜之间急得白了头。女孩子却不知，她赌着气发着誓，再也不回那个家了。然身上的钱，很快用光了。她在一家面条店门口徘徊，饿得快晕过去的时候，好心的面条店老板，给她下了一碗面吃。她感恩戴德地吃完，双膝突然跪下，向面条店老板谢恩，说他是个好人。

面条店老板一把扶起那孩子，叹口气说，孩子，陌生人给你一碗面，你就跪下来，感激得不得了。你妈妈养育了你十八年，你有没有跟她说过一声谢谢？你现在还让她在家担着心哪。

冉冉，不知你听了这个故事，有何感想。当你摔门而走的时候，你有没有听听身后，妈妈无奈的啜泣？你有没有看到一颗做妈妈的心，因你的伤害，也会碎裂开来？身边的爱，来得那么容易，那么理所当然，常被我们辜负而不自知。

冉冉，你现在知道该怎么做了吗？你对妈妈，首先要学会尊重和感恩。这个尊重和感恩，不是让你对妈妈绝对言听计从，而是把妈妈当好朋友。她说的话，她做的事，未必全部没有道理。有道理的，你且试着去听去做。你认为没道理的，你可以跟妈妈好好交流。你不妨跟妈妈温柔地说，来，妈妈，我们好好聊聊吧。

如果这样，冉冉，你想，结果又会如何呢？

# 做一个真实的自己

我叫你葵吧，可好？你起的昵称真有点小奇怪，第一个字是“蔠”，我以为是繁体字的“终”。查了字典才知，原来，它是葵的一种，草本植物，嫩叶可食。还有个字更奇怪，“灬”，古同“火”，它有音读“飙”，烈火之意。

我从你的昵称里，窥到了你的一点小秘密：你个性好强，不甘人后；你阅读广泛，聪慧聪颖，与众不同；你有点小虚荣小叛逆。

你信中的小烦恼，也恰恰印证了我的猜测。你说你成绩很好，你也一直努力维持着这个“很好”，你埋头苦读，几乎放弃了所有的闲暇时光，做着父母和老师眼中的乖乖女。只有你自己知道，你那不过是做做样子，讨得父母和老师欢喜，得到他们的表扬。你不是真的想那么做。你也不是真的像他们说的那么乖，你不要做乖乖女。

你内心与你行为的极大反差，让你活在挣扎里。你做作业做不进去了，每写几个字，就要看看别的地方，思绪不知飘到哪里去了。你的成绩开始出现严重下滑，这让你很害怕。你觉得每天都活在浑浑噩噩中。你想放弃，又不甘心。你想坚持，又害怕跌倒。

葵，好孩子，我们还是暂且不要谈论学习吧，也暂且不要做乖乖女，放纵自己玩耍一天，你想干吗就干吗，想怎么折腾就怎么折腾。去逛街。去看电影。去和好朋友一起吃甜点。最好是来一趟短途旅行，到大自然中去深呼吸。去听听小鸟是怎么唱歌的。去看看小花是如何盛开的。看看小溪又是怎样流过了人家的房前，云朵又是怎样飘过了天际。到那时，你再问问自己，你，开心吗？

——当然很开心。因为，做一个真实的自己，不伪不装，原是件轻松愉悦的事。就像小鸟本来就是小鸟，小花本来就是小花，小鸟不要成为小花，小花也不要成为小鸟，它们快乐地做着自己，这就很美好了。

好了葵，现在，我们可以以愉快的心情，进入到你的学习中来。丢开那些为了做给他人看的想法，不要把自己打扮成学习标兵，恨不得一天二十四小时，都蹲在书桌跟前。你也知道，那多半是假的，是没有效果的。那何不缩短时间，在该学习的时候，就真正投入地学习？每天给自己列些学习的小目标，目标完成了，就 OK 了。余下的时间，看看课外书，听听小音乐，放松休闲，岂不更好？

也不要再扮演乖乖女（在我想来，你说的乖乖女，就是相当听话，安静，两耳不闻窗外事，一心只读圣贤书一类的）了，既然，你不想那么乖。做乖乖女很累人的。你就做本来的你好了，活泼点，兴趣广泛一点，会更可爱。

也不要去想明天的事，哎呀，明天，我一定要取得第一名！明天，我一定要考上重点名校！世上之人，都喜欢把“明天”当做包裹扛在肩上，殊不知，那样走起路来，一点儿也不轻松，患得患失，反而更容易摔跤。葵，明天的事，就让明天的人去想吧，你只要想好今天的事就行了，做好今天的自己。不要轻言放弃，放弃那是对自己生命的极大浪费，你愿意吗？

是的，坚持的途中，也许会有跌倒。但不坚持，你将永远摔倒在地上，无法走向明天了。“成功永远偏爱那些能坚持的人”，葵，我把这句话送给你，希望你能愉快地做一个真实的你，坚持到底，获得属于你的成功。

# 雨不会一直地下

这里的春天似乎还很远，持续的降温降雨让人有点受不了，人的惰性加上眼前的空白让我只想睡去，却又无法面对夜夜袭来的噩梦。在餐桌上把不会喝酒的自己微醺，轻扶着墙壁，怕被人看出我已经稳不住的步伐，在包房里唱着我知道的所有新的旧的歌，我好想骗过全世界，我困惑着痛苦着，却和其他人不同。

好像没有人真的可以理解谁，是吗，梅子老师？

也许我们每天都活在误解里，还是说我太无知了？

——瑶琴

瑶琴，你好。

我的东台，也才下过几场雨。在三月里，甚至还来了一场飞雪。风吹料峭，然春天的脚步，谁能拦得住呢？该钻出的芽儿，自会钻出。虽现时还不明显，然草色遥看，已然是新绿如烟。我的阳台上，冬天枯死的一盆绣球花，也有了复活的迹象。走过河边，柳条们在清寒的风里袅娜，上面爬满鹅黄的芽苞苞，密密的，像长着绒毛的活泼的小虫子。——春天离得再远，它也会如期赶来。就像雨不会一直地下，太阳才是这个世界的主宰。

我不知道你到底发生了什么事。那些事，也许让你受伤了，潮湿了，你沉溺其中，不想再爬出来。你听不见春天走来的脚步声。你看不见风雨的背后，阳光正快马加鞭赶过来。你只在那里独自哀吟，没有人理解我呀没有人！可是，我想问你一句，亲爱的，你理解你自己吗？

别告诉我你理解。你是不理解你的，你是不爱自己的。倘若你有一点爱自己的心，你也不至于拿自己泄愤，作践自己。喝酒买醉消愁？在 KTV 包房里声嘶力竭？这都是最最没出息，又是十分幼稚的举动。“好想骗过全世界”，——唔，口气好大，全世界与你何干？你先骗过自己再说吧。

被人误会，遇到不公，情感失意，走路摔倒了……等等，等等，这都是生活中的正常。你遇到了，别人也会遇到。谁的人生里，不曾摔过跤、伤过心、流过泪、有过痛？因遇到一段崎岖路，就否认了所有的阳光道，干脆灰起心来，躺倒不走了，那未免犯了以偏概全的错，也未免太懦弱和不争气了。

我很欣赏电影《立春》里的女主人公王彩玲，相貌丑陋的她，天生拥有一副唱歌剧的金嗓子。她在梦想和现实之间，一路跌打滚爬，遇到不公、不解、不屑、背叛、谎言，然她最终，坚持着走过来了。虽梦想还离她很远，也许她已经放弃，但又有着新的希望，开始在她的生命里萌芽生长。正如她所说的：

立春一过，实际上城市里还没啥春天的迹象，但是风真的就不一样了。风好像一夜间就变得温润潮湿起来了。这样的风一吹过来，我就可想哭了。我知道我是自己被自己给感动了。

瑶琴，给自己一点信心，你的春天，它终会到来。不管你被伤着哪儿了，不管伤得有多重，那伤口，终究会愈合的。你也要学会自我疗伤，用信念，用坚强，用微笑，用善良，用干净，用宽容。不要总试图等着别人，来拉你起来。能得到别人的理解更好，倘若得不到别人的理解，咱自己就不走路了吗？自我的认同，才是最重要的。你要坚信，这个世界的美好，从不会因几场风雨，削减掉一点点。

最后，我想提醒你的是，在你的人生路上，还将会遇到一些的风雨，一些的崎岖，你还会痛，还会流泪。但不管有多伤心多难过，请记住，千万别再拿自己当发泄的靶子。作践自己，是很让人鄙视的一件事，傻瓜和笨蛋才会那么做。

# 真正的美，是从内心散发出的好意

宝贝，你自称胖妞。我笑了，这称呼也曾是我的呢。

别惊讶。对，曾经梅子老师也是胖妞一枚。

那时念中学，因胖，被同学起了个很不雅的绰号，胖墩。一帮同学在一起谈笑风生，说起各自的理想，都是裹着云彩镶着金边的。唯独说到我，一男同学伸手指一下，“扑哧”笑了，说，胖墩她最适合做厨师的啦。结果，哄堂大笑。

那日，我不知自己是怎么度过的，自卑、难堪、悲悯，都不足以表达伤痛。也只在心里暗暗发着誓，我要做一个不一样的胖妞！然后，我就一路发狠读书，把自卑的时间，全花在读书上了。当时，学校门前有条小河，树木茂密，很安静，是个读书的好去处。每天天一亮，我就捧着书过去读。

每日黄昏，也跑去读，直读到鸟雀归巢。多年后，我的高中同学遇见我，回忆当年，他们清晰地记得一个场景：我捧着书，在小河边读，河水汤汤，垂柳依依，野菊花开满我脚边。他们说，你那时的样子，真美。

原来，我以为最自卑的年代，也住着美好啊。

人的外貌，是天注定的，这个我们无法改变。但内心的修为，还有焕发在浑身上下的光彩，却是后天而为。当然，现在科技发达，整容去脂的大有人在，但我不建议做这个。好好的，却要在自己身上动刀动针的，那个疼，我受不了。且还要承担高风险，万一整容失败了呢？还是做真实的自己最舒服，身上的每个“零件”都是独家拥有，仅此一件，无法复制的。我们要做的，就是发挥好这些“零件”的用途，用善良、好意、爱和博学来喂养它们，让眼神变得奕奕，让耳朵变得灵敏，让心变得细腻，让脚步变得轻轻，让精神变得丰饶。我相信，这样一个你，有谁还会说不美呢！

我有同事，女。我初见她时，吃惊得不行，她委实，太胖了。个子又矮。走起路来，呈摇摆状。那个样子，真的与美挨不着边儿。当时我替她担着心，她站到讲台上，如何收服那些喜欢高颜值的孩子们？

她的课，却上得出乎意料的好。一站到讲台上，她跟换了个人似的，神采飞扬，妙语连珠，旁征博引，抑扬顿挫，一举手，一投足，都散发出迷人的光芒。又她爱笑，活泼开朗，善良温暖，让人渐渐觉得，她的样子与她的神态，再和谐也没有了，亲切、自然、率真，像山野里的小野菊，自有芳华。越看越觉得好看，叫人打内心里喜欢上她。

学生们狂热地爱上她的课。他们给她取了个昵称，格格。炫耀她，就像炫耀一件宝贝。我们的格格，学生们这么说。她成了最受学生欢迎的老师。

一个人有没有魅力，原不在于外貌，而在于他的内心。真正的美，是从内心散发出的好意。

宝贝，你大可不必再为自己的长相难过自卑了，也绝对不能不吃不喝强行减肥。只要不胡吃海喝，不过分贪嘴吃太多零食，保持正常饮食，辅之以必要的锻炼，持之以恒。过一段时间，你再看自己，会发生一些惊人的变化的。若是因先天基因，本就是胖的体质，那么OK，咱不折腾了，只要身体是健康的，胖点也无妨。

宝贝，爱上你自己吧，努力打造属于你的丰富的内心世界，做个快乐的人见人爱的小胖妞。

## 不要放任那只叫恨的“小兽”

梅子老师，我是个大一的学生，我读过你很多的书，觉得你是个善良的人。今有一事，向你求助。

我本来觉得自己挺幸运的，有一个幸福的家，父亲母亲都很爱我。可最近，我无意中发现，父亲有了外遇。可怜我的母亲还蒙在鼓里。她是那种特别忠厚老实的女人，一心一意照顾着家庭。我不敢告诉她，我怕她知道了，会疯掉。

现在，我无心学习，无心做任何事情。我恨那个破坏我们家庭的女人。我更恨我的父亲，他怎么可以背叛我的母亲和我？可笑的是，我的父亲还以为我不知道，还在我面前扮演慈父的形象。今天他还电话给我，要我注意不要在外面小摊上乱吃，怕我吃坏肚子。我听了，特恶心，却不敢表露出来。

梅子老师，我现在脑子很混乱，我不知道我该怎么办？我很想去找那个女人，警告她别再破坏别人的家庭了。我也很想让我的母亲知道，让她不要再那么傻那么辛苦了，把我爸服侍得跟老爷似的，让他体体面面出去约会别的女人。可我很害怕……

——流泪的唐唐

唐唐，不哭，梅子老师想抱抱你。

你且平静一下情绪。

一二十年的时光里，你的父亲、母亲和你，是相亲相爱的一家子。你母亲不消说，是爱你的。在你眼里，她是个忠厚老实的女人，一心为家。中国传统的母亲，都是这般模样。你父亲也是爱你的，这种爱的感情，你根本不用怀疑。从他叮嘱你不要在外面小摊上乱吃东西，就可以看出来，他是个感情非常细腻的男人，对你关怀备至。

现在问题出在你父亲身上，他有外遇了。然这样的外遇，他是偷偷着的，是不想让你母亲和你知道的。倘若不是你无意中发现，他会一直是个好父亲，你们的家庭，也会一直相亲相爱着。

这说明什么呢？说明你父亲爱的天平，还是有所倾斜的。我不想去诟病你的父亲，诟病他也没有意义。我也不想去诟病那个第三者。倘若你的父亲不乱了心，再有手段的女人，也难以靠近他。局面已成这样的局面，伤害已经造成，我只希望唐唐你，不要放任那只叫恨的“小兽”。因为人一旦恨起来，就会理智混乱，做出错误的判断，甚至会由此引发恶果。

毫无疑问，你是爱着和同情着你的母亲的。那么，你要做的，就是把伤害降到最小化。你说你要去找那个第三者，这是毫无道理的。你凭什么去找人家？一个巴掌拍不响的。你若真去了，不定会闹出什么事来，到时候，满世界的沸沸扬扬。你想想，受伤害最大的会是谁？是你母亲！

唐唐，我前面已分析过了，你父亲对你是爱着的，这你不要否认。即便他出轨了，那爱，也没有减弱一点点。对你母亲，他应该也多有抱歉和留恋。要不然，他不会把他的外遇给藏着掖着。既然有爱在，还有什么不可以原谅的？唐唐，你就给你父亲一个反省的机会，跟他挑明了这事，问问他的想法。当然，你要注意说话的方式，千万不要带着怨恨和责备。成人的世界，有时，你不是太懂。成人的感情，也不是简单到可以用“对”或“错”来衡量的。他若选择回归家庭，你就当什么事也没有发生，他还是你的好父亲，还是你母亲的好丈夫，跟你母亲只字不提。这里虽有欺骗的成分在，但更多的是对母亲的保护。有时，善意的欺骗，也是一

种爱。

倘若，你的父亲对他人真的动了感情，他坚定地要为他的爱情而活，——我真不愿意是那样的。但倘若果真是那样的，唐唐，你也不要去恨。人的软弱，往往在于情关难越。你给予最大程度的理解，劝慰你的母亲，选择放手。这样，既解放了你父亲，也解放了你母亲。从此，他有了光明正大，她亦不再受蒙蔽。而他们两个，依然是你最亲的亲人。

## 做自己的救世主

梅子老师，我记得你写过一本自传，也就是写了你的家乡，那本书中我看到你写过一棵桃花树下，一个大麻花辫的漂亮姑娘最终归于毁灭的故事。我不知道你写的那个故事是否真实。但是真的，一个好的家庭会成就一个人，一个不好的家庭真的会毁了一个人，美好从来不是一个人坚持就够的对吗？

真的有很多无奈，有很多残留下来，甚至根深蒂固的。我不知道该说什么，有些东西无法表达，有些事解不开。有时候我想什么是罪，为什么有那么多注定的无奈和痛。如果真的是罪，又该谁赎。就像你想救自己，渴望美好，可是没有勇气，没有那一点运气。谁都想遇见，或许只有遇见，可怎么会遇见。逃也逃不掉，仿佛进入了一个圈套，明明有机会离开，可是这些年造就如今逃不开的我。有一种恨却不敢恨的那种感觉，你了解吗？

——Angela_大可儿

亲爱的大可儿，你好。

我是写过这样的一篇文章，题目叫《桃花红》。小村庄。花开沸沸的桃花树。扎麻花辫的漂亮姑娘，那都是真的。它是我童年遇见的一件事。

我清晰地记得她微笑着的样子，记得她担水的样子，记得她唱歌的样子，记得她在一树的桃花下，梳头发的样子。她不应该是那样的结局，却因要被逼成婚，而走上绝路。那是一个家庭的悲剧，更是一个时代的悲剧。那个年代，乡村偏僻，人们见识短浅，思想保守，她又遇凶悍的嫂子，命运似乎无法掌控在她的手里。

然她真的就别无出路了吗？——这是这些年里，我无法释然的事。连死都不怕的人，还有什么险阻不能逾越？她若是换一种活法，未必定要玉碎，天地又阔又大，总能找到容身之处，何至于走上绝路？

曾看过一个女人的故事。女人本是富家千金女，十九岁，父亲生意亏损，跳楼自杀。她替父背上巨额债务，一天恨不得二十四小时，都奔波在赚钱的路上。后早早嫁人，嫁了一个自己并不喜欢的人。婚姻不幸，让她每天必须靠吃安眠药才能勉强入睡。后她离婚，净身出户，从头来过。又一度遇人不淑，再度被伤。坎坷的经历，憔悴了她如花容颜，却没有憔悴掉她一颗不服输的心。她重新振作起来，从贩卖小服装开始，到一家时装公司开张，中间有过千难万壑，她走过来了，生意越做越大。五十五岁，她重遇良人，活出了一个女人该有的灿烂。

我以为，生活再多刀光剑影，只要你的信念不倒，也总能杀出一条道来。天无绝人之路。可为什么我们人，常常要自己为自己设置绝路？

大可儿，我试图从你的字里行间，读出你的境况来：家庭羁绊？父母思想刻板、偏激和守旧，对你造成伤害？不喜欢的生活，不喜欢的人，你沦陷其中，不能自已。想抽身走开，又藕断丝连，终有那么多束缚，让你不能轻松一走了之。恨也恨不切，爱也不能爱，只一任自己的心，在无奈中受尽煎熬。你期盼着意外的遇见，他是驾着风马而来的救世主。从此，你只照见美好，没有伤痛。

是的，你的人生里，也许有着万般艰难，然比起上面那个女人来说，你觉得你所遭遇的，比她更不堪吗？这世上，真正能打倒一个人的，不是境遇如何尴尬，而是她的内心是否足够强大。——哀莫大于心死。一个人若不能让自己的心变得强大，有时一根稻草，也能把他打垮。

跟你说只蜜蜂的故事。对，一只蜜蜂。我不知它是怎么跑到我的书房来的，我发现它时，它正在我的窗台上左冲右突，试图寻找到一丝缝隙，去往它的自由天空。窗子密封性很好，它自然屡屡失败。然它并不放弃，还是拼命地扑着翅膀，左冲右突。一番的艰难摸索之后，它居然发现了墙上的空调孔，它终于从那里，飞了出去。我为这只蜜蜂感动和骄傲！亲爱的，倘若这只蜜蜂几番碰壁之后，就泄气了，其结果只能有二，一、行同走尸。二、本身就僵硬成尸。

大可儿，这世上，从来没有救世主。如果有，也只能是我们自己。我们要做自己的救世主。

## 戒嗔戒怒，也是一种慈悲

梅子，我想了几想，还是想跟你倾诉一下我的小烦恼。原因嘛，我也想不好，就是觉得你值得信任，可以解我心结。我这个人吧，没多大坏心眼，但就是脾气坏，很爱发火。我妈常说我是个“爆竹捻子”，一点即燃。每次发完火后，我都深深后悔，很恨那个发火的自己，一点风度和气度也没有，很丑陋。有些事事后想想，完全没必要发火，不就那么芝麻点儿大的小事嘛。可是，我就是控制不了自己，那一刻，我就像被魔鬼附了身，非要搅它个天翻地覆不可。唉，就因我这坏脾气，我的人际关系，一团糟糕。

——莉莉是个女汉子

莉莉好，谢谢你信任我。

我想讲一个真实的故事给你听。故事是前不久发生在我身边的。

那是个很宁静的秋的清晨。紫薇花的花瓣上沾着露。小鸟的叫声里含着露。银杏的叶子开始描着金黄。栾树的果，也有些微微红了。一切的一切，都是静美着的、安详着的，按着既定的次序，向着秋的深深处去。突然间，这样的静美被打破了，在那花树夹道之下，一辆轿车与一辆货车，因占道问题，发生纠纷。双方都年轻气盛，各不相让，由谩骂，最后导致互殴，货车司机一怒之下，一扳头送去了轿车司机的命。

不过眨眼间，就毁掉了两个年轻人。留给他们亲人的痛，将是长长的，一生或许都将难以平复。倘使最初，他们中的一个，能克制一下自己的气盛，哪里会导致这样的恶果。想他和他，都是悔青了肠子的。只可惜，回不去了。

莉莉，我们生活在这个尘世里，泥沙俱下，难免会遇到不对眼的人、不对眼的事，一时不能顺了自己的心。这个时候，我们尤其要有定力，不能自乱了阵脚，任由脾气似脱缰的野马，肆意横冲直闯，最终伤了别人，又伤了自己。更何况，有时，有些事情并不是你想的那样，只不过是你钻了牛角尖了，你把问题想偏了，你产生误解了，你一时半会没回过神来。倘若你不分青红皂白，就乱发一通脾气，你是一时痛快了，可事情会变得怎样？也许本来是桩好事儿，被你一通“大火”，生生给烧成灰烬。

人在脾气上来的时候，最不像人，像兽。正如你所说的，很丑陋。三句话不投，就暴跳如雷的人，是很难获得别人尊重的。尽管这样的人，有的心地还很善良，甚至还颇有才华，却缺少应有的修养。得到的评价往往是这样的，呶，那个人，素质很差。他的朋友会越来越少，他的人际关系会越来越差。他的事业，我想也不会好到哪儿去。

我祖母曾有金句赠我，——一句话说得人笑，一句话说得人跳。说的是言语的好坏，往往会导致相反的结果，一使人开怀，一使人愤怒难堪。坏脾气一上来，根本就丧失理智了，什么难听的话也说得出口，句句都裹着刀带着剑的，哪会不伤人？

莉莉，我们来到这世上，终其一生，就是个不断完善自己的过程。在这个过程中，我以为，素养应该放在第一位。好的品德，是建立在好的素养基础上的。戒嗔戒怒，也是一种慈悲。因为，言语伤人是把软刀子，虽然看不见出血，却处处被你戳得都是血窟窿。

人常说，忍一忍风平浪静，退一步海阔天高。这是很高的修为呢。越是有修养的人，遇事越能沉得住气。他的和风细雨，往往有四两拨千斤的功效。莉莉，你要修炼的，正是这个。多微笑，少发火。多听别人解释，少武断。多学会说几声对不起，说几声没关系，那样的你，会变得很优雅。

医家讲，怒则伤肝。佛家说，不嗔不怒。莉莉，一笑泯恩仇。何况也没那么多恩仇呢。收起你的坏脾气，做个有修养的人，这是对别人的善良，也是对自己的善良。

# 你有你的一亩花田

半夏，我想先跟你聊两件有关吃的事。

一是关于榴莲的。对这种水果，历来纷争颇大。爱它的人，爱到骨子里。说起它来，口角生津，意乱情迷。恨它的人，亦是恨到骨子里去。闻到它的气味，就如临大敌，不共戴天，一副恨不得斩之杀之的决绝表情。

一是关于臭豆腐干的。我的孩子就特别爱吃。我们街上有一家，炸的臭豆腐干特别好，去买的人，常要排队。我孩子每次回家，都要去买上一份，哪怕排队等很长时间。我是不吃这个的，曾很不解他这一嗜好。他却睁着双大眼睛，相当莫名其妙看着我问，这么好吃的东西，妈妈，你为什么不吃？

我去东北开笔会。当地一编辑朋友招待我们吃饭，是在露天大排档里。一阵风来，飘来油炸臭豆腐干的味道。我们倒没在意，那位编辑朋友却立即变了脸色，刚才还文质彬彬的人，竟掼了酒杯，愤愤道，真想宰了这些炸臭豆腐干的人的手！

半夏，你看，人与人的味蕾差别竟是这么大！何况其他？你看得顺眼的东西，未必是我看得顺眼的。你听着动听的声音，未必是他人爱听的。你推崇的，未必是我尊敬的。你爱读的书籍，未必是我读得下去的。我爱那榴花照眼明，你却独喜那石径入丹壑。有人喜素衣素食，性格安静。有人却偏爱热闹华丽，活泼喧闹。孰高孰低，谁能分得清？

半夏，你说你总觉得自己与他人隔着一段距离，他人不能理解你，你也不能理解他人。你少有知心朋友，为此，你很烦恼。你很想和他人一样，穿同样的服饰，吃同样的饮食，听同样的音乐，看同样的书，聊同样的话题，可是每每你总败下阵来。你接受不了那样一个你，总觉得那个你，很伪装。你为这样的伪装而痛苦。

这就对了半夏，若你一味地伪装，却不觉得痛苦，那才真叫麻木了呢。当一个人不能真实地做他自己，而必须曲意逢迎他人的时候，他也就把自己给弄丢了。幸好你认识到了这一点。

世上知音，本就可遇不可求。俞伯牙相遇钟子期，巍巍兮若泰山，洋洋兮若流水，两个不同频道的人，却在琴弦之上觅得相知。然前提是，俞伯牙得先抚好他自己的琴，才能有机会用美妙的琴声，相遇到钟子期。

半夏，人与人之间的相互吸引，有时不是因共性，而是因个性。就像满眼的绿色之中，突然跃出一朵红来，那才引人注目的。所以，你要学会尊重自己的个性，不伪装，不扭曲，是什么就是什么，且尽量发挥自己所长。同时，也尊重他人的个性，学会欣赏他人。那么，你与他人的距离，便会越来越小。每个人都有自己的一亩花田，你在你的一亩花田里，种好你的花，长好你的草，你自会引来注视的目光。到时，奏出一曲高山流水也未可知。

# 感谢对手

琪心，我想先给你讲幾米漫画中的一个故事，是关于一只猫，和一只小老鼠的。

你也知道，猫和老鼠天生是死对头。漫画里的这只猫，一看见小老鼠，就穷追不舍。小老鼠每天过的日子，那叫一个提心吊胆啊，充满了刺激和挑战，它生怕一不小心，就落入猫爪下，成为猫的美餐。

小老鼠自然恨这只猫，恨得牙痒痒的，恨不得这只猫立即从它跟前消失。它的心愿，竟很快达成了，猫真的“消失”了。原来，猫生病了，病得很重，躺在床上起不来了。小老鼠高兴得快晕过去了，它终于扬眉吐气起来，不用再时时提着一颗心，提防着那只可恶的猫了。它舒舒服服躺在窗台上，对着月亮唱歌。它吃吃喝喝玩玩，好不自在。

就这么，逍遥地过了几天，风平浪静。小老鼠突然觉得寂寞了，突然觉得没意思了，突然觉得浑身没劲了，做什么事都提不起精神来。它竟然，开始怀念起那只猫，怀念起以往那些追追杀杀的日子。那些日子里，它活得多么朝气蓬勃呀。

琪心，听到这里，你是不是笑了？你会笑那只小老鼠真是犯贱，好好的太平日子它不知珍惜，竟然怀念起死对头来，真是欠揍。好，你且笑一会儿，笑过后，是不是有所思呢？生活如若总是一潭死水，没有任何的挑战，那样的话，不过是行尸走肉罢了。

现在，回到你的信上来。在信中，你告诉我，小学里，你一直是全校最显目的学生。但自打进了中学后，你却遇到了一个强有力的对手，他处处表现得都比你优秀。原本属于你的那些荣誉，一一被他收入囊中。偏偏他又在你面前趾高气扬，你憋屈极了，很恨他，但又奈何不了他，你对自己真是又灰心又失望。你向我讨要办法，问怎么去对付他。

哈，我笑了。请允许我笑一下。琪心，你用了一个词“对付”，我怎么看着像是要上演武侠剧呢？我也只能老老实实告诉你，梅子老师不会武功，帮不了你。

你的人生，才刚刚开始。你所走的路，所接触的人和事，还都很有限。仅仅在一个中学校园里，你遇到一个对手。若是全市的中学校园呢？全省的呢？全国的呢？全世界的呢？又有多少孩子，他们的能力和成绩都比你强。你是不是要把他们一个一个都“对付”了？等有一天，你走上社会，各路精英，层出不穷，你比不过他们去，到那时，你又该怎么办呢？前头的前头，总还有个前头。山峰的上头，还有天空呢。你总也高不过天空去。

所以，琪心，你紧着要做的第一桩事，就是要端正自己的心态。你很要强，本是好事儿，但要强不等于过分自私和自我。一花独放不是春，万紫千红才春满园的。

放下你的嫉恨吧琪心，你要感谢你的对手，把他当一面镜子，照见你的不足。把他当一种鞭策，让你时时不敢懈怠。把他当一个目标，让你的前进不会迷失方向。把他当一种活力，让你焕发出应有的激情。只有这样，你的人生，才能一步一步，走向生命的制高点。

## 高考不是人生的终点

梅子老师您好。不得不说我现在是一个高三的学生了，在学校里的每一天，都是寝室——教室——食堂三点一线的生活，假期几乎是一个月一天，这次放的十一长假几乎成了一种奢侈，像沙漠中偶遇的绿洲一样奢侈。开学之初，老班让我们每人写一篇《高三，我奔跑》的作文，这开学一个多月来，每天都让不同的同学念自己的奔跑，我还记得我的作文里的第一句话就是“奔跑是高三的根本状态”。

虽然是高三了，但在学校里不仅仅只是学习一件事，会和同学有摩擦，和朋友有矛盾，偶尔，心里有委屈。但我不会抱怨因为您说过啊“青春的疼痛，在骨头里噼啪作响”，也许青春，本该就是疼的。

不抱怨，但会惶恐，距高考倒计时只有 249 天了，曾看过一句话：如果想要在一个领域，成为出色的人物或大师级的人物，必须至少投入一万个小时才行。算算，若，每天花三个小时，需要坚持十年，即使一天 25 个小时，即使每天不吃不喝不眠不休，要完成一件事，也要四百天呢！可是，我只剩 249 天了，我不禁问自己怎么办。呵呵，即使惶恐到不知所措，生活也要继续，高三要继续，高考依旧要继续。您说是吧？

——冰糖葫芦

我沉默地笑了。葫芦宝贝，你且允许我笑一下吧。

我想起往事，很遥远的往事了。它被你的昵称，一下子给勾了回来。

老街。我童年的老街。离家有着三十多里路的距离。在小时的我的眼里，那是相当漫长的路。我常常坐在乡下的田埂边，朝着西边天望。老街是我能想象到的最远的地方，它在天边。

我想着它做什么呢？是想念那棵大柳树下，摆着的小人书摊。是想念窄窄的青石板路的两侧，店铺里的花花绿绿。还有，插在草把上的冰糖葫芦。

草把是被一妇人扛着的。有时，也会是一中年男人扛着。她或他，扛着它在大街上走，穿过花红，穿过柳绿，很招摇。草把上的一串串冰糖葫芦，像立在上面的一个个小人儿，红腮红衣的。那些“小人儿”，跟着她或他，穿过花红，穿过柳绿。有多少孩子的目光，附着在上面啊。他们知道，却佯装不知，还故意逗着那些馋孩子，从草把上拔下一串冰糖葫芦来，对着孩子们叫，来买冰糖葫芦哎，甜得要命哎！

我偶尔奢侈地跟着大人上一次老街，眼光注定是要被那些“小人”给牵了去的。我跟着那草把走，走过一条街，再一条街，心里面暗暗发着誓，等我长大了，我要天天买冰糖葫芦吃，我要把这一草把的“小人”都买下来。

那时，连接我与外面世界的唯一通道，就是读书。也没谁逼迫我，我自己“逼迫”着自己，一路把书从村小学，读到镇中学，读到异地的城里。也从不曾惶恐过什么，只那么顺其自然着，用着我的功，努着我的力。跌倒过，摔过跤，没事，爬起来掸掸衣再走。如果自己想走，总是有路可走的。实在没有路可走，也可以凭自己的双脚，踩出一条路来。鲁迅先生不是说过么，世上本没有路，走的人多了，也便成了路。——总有那个尝试着去走第一步的人呢。

葫芦宝贝，高三不是人生的终点，你完全用不着那么数着日子，自己吓唬自己。当然，有一个很现实的问题是，高考恐惧气氛的存在。学校在制造这种气氛，社会在制造这种气氛，家长在制造这种气氛（我对这些制造者们，也很无奈，其实，大可不必这样的），于是乎，你们整天被这种气氛笼罩着，想不恐惧也不行了。

但总还留有空隙，容自己喘口气的。你不是也说了么，“但在学校里不仅仅只是学习一件事，会和同学有摩擦，和朋友有矛盾，偶尔，心里有委屈。”好，我们且把这点空隙拿出来，专门用来发呆，睡觉，玩耍。和同学的摩擦，和朋友的矛盾，偶尔心里的小委屈，那都是日后足以拿出来回味的美好呢。且人的内心，是个多么丰富阔大的天空啊，你完全可以在里面另立王国，做一会儿自己的王，春暖花开着。

我这不是鼓励你不学习，而是要你张弛有度。学习应该是终身行为，而不是某一阶段的拼命。青山在，绿水才能长流。咱也不要做出色的人物或大师级的人物，不要拿他们的一两句名言，当做人生至宝，遵照执行。各人有各人的活法么，他们的，未必适合咱的。咱做好自己就够了。纵使高考时你有失水准，也还可以继续读书，继续再考。不得不说，你逢上的时代真正是好，只要你不放弃学习，哪怕是活到七老八十了，总还有一方舞台在等着你。

葫芦宝贝，我很欣赏你信的最后说的话：“即使惶恐到不知所措，生活也要继续，高三要继续，高考依旧要继续。”我再给你添上几句吧：

即使高考过了，生活依旧要继续，读书依旧要继续。而美好，也在继续。

# 我们永远不可能登峰造极

山海寻远，你好。

你的信写得真长，我夜里开信箱时看到，粗略看了一下。这会儿，又拖出来，重新看了一回，大体给梳理出你的烦恼有三：

一、你说你变得很“世俗”，别人口中的乡村美好，那些古镇的美好，你觉得非常虚伪。

二、你作文写得好，曾一度活在虚荣、高傲、荣耀之中，认为自己已登峰造极。然而，有同学竟超越了你，把你远远甩在后头，你感到恐慌。

三、你想考上你们那个地区最好的高中，且要能上最好的班。

嗯，少年。一个意气风发的少年。我羡慕你。这么好的年华，这么蓬勃向上的精神。

我想着怎么来答复你。在想之前，我是要做一些小动作的，做些貌似无关紧要的事。比方说，我把一盆花端到太阳底下去。比方说，我站在窗台旁，看着阳光，怎样趴在一盆吊兰上。它把每一片吊兰的叶片儿，都当摇篮了。这么看着，我笑起来，心情愉悦。我想着这样的阳光，一定也落在乡村，落在那些沟畔河边，落在那些植物上、房屋顶上。也一定落在古镇，落在那些青石板上，落在那些或平或拱的桥上，落在那些瓦楞间，落在人的眉睫上。

美好的存在，无处不在。乡村抑或古镇，很多的消失，似乎也把曾经的美给带走了。然而，这世上，哪一时哪一刻，没有美在诞生？再荒芜的地方，也有小草生长。而每一棵草都会开花。

所以，宝贝，请不要怀疑美。任何时候，任何状况下，都要怀抱一颗美好的心。心里有美好，你也才能看到美好。

你说你写的考场作文遭遇到滑铁卢，“看到以前那些不如我的人，现在写出那么好的作品，夺得高分，我感觉自己一无是处。”唔，我简直要笑了。到底是个孩子啊，芝麻大的小事，愣要看成比天还大。不就是作文失了分么，也只是一两次，怎么就代表了你的全部，你就变得一无是处了呢？且不论你有那么多学科，就拿人生来说，多长的路要走啊，你得遇到多少的艰难险阻，然后才争得自己的风光流转。

“这位同学，明天就会去省里参加作文大赛了。他和我也是好友，我真诚祝福他能顺利，但我同时活在自卑中，他如果夺得省里的名次，我该怎么办？或许，我以后还会去参加作文比赛，但我如果冲不到全市的名次、全省的名次，那一刻的人生差距会使我如何？我突然想到，我可能就会这样庸庸碌碌地活在世界上，他可以走上人生的巅峰，拥有精神与物质的双重丰富。”——好孩子，我真佩服你的“歪思歪理”呢。来，我且帮你设定个“最坏”的结果，这个同学得大奖了，且是特等奖第一名，你后来连去参加的资格也没有了。是不是你的人生到此就画个句号打个结不走了？这世上，没有谁能够登峰造极，我们永远都走在路上，各人有各人的路好走，也都有各自的辉煌。

打个比方说，当我吃一只橘子时，觉得橘子好甜，很爱。当我再吃一只苹果时，觉得苹果好脆，多汁，也是极爱了。当我再吃一只芒果时，那果肉之香，浸绕唇齿，又是极爱。那到底是橘子好，还是苹果好，还是芒果好呢？如果按你的思维，橘子该嫉妒苹果，苹果该嫉妒芒果了。橘子会想，曾经我是被人爱着的，怎么苹果超过了我呢？苹果会想，我怎么不是芒果呢？——这很可笑是不是？其实，橘子有橘子的好，苹果有苹果的好。做好自己最重要。

你的强项，不可能永远是强项。你的弱项，也不可能永远是弱项。我们要做的，只是平衡自己，努力走好脚下的路。倘若眼睛总盯着别人，那我们一天也活不成。因为，再完美的人，也不可能是个全能，总有不足之处，总也有比不过他人之处。差距的存在，是最为现实的，且是永恒的。我们永远不可能登峰造极。故而，古人才会说，学海无边，书囊无底。

# 天使不哭泣

梅子老师，我是一名单翼天使，只有妈妈，我的爸爸在今年四月的时候突发三级心冠病去世了。

我现在很苦恼，因为我知道，自己现在越来越不喜欢和别人交往，越来越喜欢沉浸在自己的世界里。妈妈很担心我，但是她也没有办法，爸爸在外面还欠了许多外债，她自己都应顾不暇。我自己也没办法，我还是接受不了今后再没有爸爸的日子。而且现在家里的情况很窘迫，我知道班里一些人背地里都会嘲笑我，但是我不能反驳，因为他们说的都是真的。我很伤心，我想努力学习，可是静不下心来。我想像您演讲时讲的一样，可以沉浸在书的海洋里，但是家里实在没有多余的钱买书。我想借一下别人的书，可是我知道他们肯定不会借给我，因为在他们的眼中，我是一个不祥的人。所以我现在没有好朋友，也没有人可以倾诉。直到今天听了您的演讲，我觉得我可以把这些讲给您听，您可以给我一些启示，望回复。

——单翼天使：楠楠敬上

楠楠宝贝你好。

我们这儿，已连续下了好几天的雨，下得人心里好不烦闷。空气都是潮潮的，伸手轻轻一戳，似乎都能戳出个洞来。衣服被褥，也都是潮湿的、不清爽的，——这似乎是件很不美妙的事。然倘使我们换个角度来看呢，下雨天自然也是有好处的。比方说，植物们饱吸一通雨水，都变得更加水灵葱茏。鸟儿们的叫声听上去，也是含着翠滴着雨的，别样的悦耳动听。我还看到一株小小的爬山虎，几场雨后，它的茎叶，已攀满了人家的半面墙。

这样的天，还适合听雨。雨是自然界最超强的音乐师，它会弹奏各种各样的乐器。打在屋檐上，打在晾衣架上，打在窗台上，打在楼下的桂花树上、栾树上、玉兰树上、橘子树上、腊梅树上、紫薇树上，发出的声响，又是各各的不同。或者，就撑着伞，去雨里走走，听雨打在伞上，又是另一番境地。或者，就坐到某个路边的小亭子里，发会儿呆，听雨在亭子四周歌唱。

雨落在河里，那是水落在水里。更是奇妙，它们会画出一个一个的小圈圈，像水在笑，梨涡或浅或深。雨落在草地上，像手掌摩擦着头发，轻微的沙沙声，听得人的心发软。这时候，你会想起很多背过的有关雨的诗句，如：沾衣不湿杏花雨，吹面不寒杨柳风。如：小楼一夜听春雨，深巷明朝卖杏花。如：天街小雨润如酥，草色遥看近却无。哪一首，都在唇齿间芬芳。察古人心意，竟不觉有距离和遥远。

我为什么要跟你说这些呢楠楠？我只是想告诉你，当我们面对窘境、困境和不幸时，不妨换个角度去看，去想，也许，洞天就在另一边。你失去爸爸，这是件很不幸的事。你伤心难过，无力无助，这都属正常，也是可以理解的。但，你若一味地沉浸在悲痛的情绪里，一味地封闭自己，从此后不肯走出来，那就是在浪费和抛弃自己的生命了。我想，这也是你爸爸不愿意看到的。

死亡，这是个我们无法回避的事情。早早晚晚，我们所有的人，都要面对这个问题，只不过，你提早了些而已。你不想接受，也得接受，且要告诉自己，失去的，已失去了，活着的，要好好活。也许，这是上帝在考验你，他是要让你成为天使呢。在让你成为天使之前，首先要让你学会坚强。

有一部日本电影《天使》，我想讲给你听。一条街道上，住着对恋爱失去热情的超市职员加藤，深爱小女儿的单身父亲吉川，和女中学生米禾等人。加藤一度在情感的泥沼里，艰难跋涉。吉川在不喜欢孩子的女友卡斯米和女儿之间，难以抉择。米禾因一件小事被误会，在学校突然受到孤立，变得孤独……生活的十字路口，站着不知所措的他们。就在这时，神秘的天使降临了。她身穿雪白的衣衫，背后镶着一对雪白的羽翼，她眼神清澈如雪，似乎能穿透人的心灵。她用她的光和暖，向这条街道上的人们传递着她的爱，使人们敞开了心扉，重新燃起生活的信心、勇气和希望，并通过自身的努力，摆脱了生活的烦忧和困境，最终过上了相亲相爱的幸福生活。

楠楠，你自怜地称自己是“单翼天使”。你可知道，天使是不哭泣的。天使是带给人信心、勇气和希望的，天使是快乐的。

失去爸爸，不是你的错，那是上帝的事情。你无需自卑，更不要自认为自己是个不祥的人。倘使你一直的自怨自艾，原本同情你的人，也会变得不耐烦。因为，谁也不愿意老是面对着一张不快乐的脸，一个不快乐的人。久而久之，你才真的被孤立了呢。

你说班里一些人背地里都在嘲笑你。我就不明白了，你有什么可以让别人嘲笑的？是因为家里的情况很窘迫？是因为失去爸爸？——宝贝，这一些，都不是你的错，你没有理

由因此弯下腰，自卑自怜。我倒以为，这或许是你过于敏感了呢。别人正常的交谈，或者无意中的一番说笑，触动到你的痛处，让你胡思乱想起来，以为别人是在嘲笑你。其实，根本不是那回事。好吧，就算那是真的，有些同学嘲笑你了，你用你的阳光和明媚迎接那些嘲笑，它们自会消遁无形的。

爸爸走了，最无助的不是你，而是你妈妈。你要代替爸爸，来照顾妈妈，成为妈妈的支撑才是，而不是成为她的担忧和负担。你也知道，你爸还欠着一些外债，你妈要替你爸偿还。她一个人奔波劳碌，她的处境，该有多难！这个时候，你更应该坚强起来，为妈妈分忧，成为妈妈活下去的勇气和希望。这也是天使要做的事哦。

你说家里无钱买书读，想问同学借书读，怕被拒绝。你没试过怎么知道他们不肯呢？我去过你们学校，看到有个不错的图书馆，你也可以去图书馆借书读。还可以求助于你的老师，没有哪个老师，不喜欢读书的孩子。实在不行，我也可以给你寄书，只要你愿意读，想读。

宝贝，我希望，你能迅速恢复到从前的状态，就当爸爸在世时一样。他在天上，会看着你呢。你要笑起来，像天使一样的微笑。当你一身明媚，满身阳光，融入到同学的生活中去，有谁还会嘲笑你呢？嗯，天使的微笑，会融化冰雪的。

做个快乐的天使吧宝贝，不要再陷在自己悲伤的世界里，胡思乱想。而是要学会主动去敲幸福的门：喂，幸福，你在吗？天使来了。

是的，你要宣布：我是天使，我来了。日子慢慢的，也就变得明媚起来。

## 写一封书信吧

你好呀，眉心一点痣。

我承认，我被你的这个昵称击中了。“眉心一点痣”，那是中国古典美人呀。不难猜出，你是一个有着古典情怀，又极爱古典美的女孩子，有着你自己的审美情趣。我也是。曾经，我在我的中学课本上，画美人，美人眉心都有一颗美人痣。

我且叫你眉心吧。

眉心，你跟我诉说你的烦恼，父母与你屡屡冲突，导致你们相处时，难得有天晴气朗。

你这样的烦恼，不是你一个孩子的，它是属于天下大多数孩子的。这世上，人人都是只愁虫子。大人有大人的烦恼，小孩有小孩的烦恼。大人不懂小孩的，这让小孩很不

甘，因为大人是从小孩走过来的呀，他们怎么可以忘了他们当年的烦恼呢。小孩不懂大人的，那不奇怪，小孩还没有成为大人嘛。于是乎，大人和小孩的，总也走不到同一个频道上。做小孩的理直气壮地说，代沟！

一句代沟，就把一个世界，隔成两个世界，你在你的世界里。父母在另一个世界里。

你说饭桌上跟父母一言不合，就又吵了起来。你爸还把你的手机给摔了，你气得跑出家门，再也不想理他了。

你让我想起另一个女孩子。是我在一个学校做讲座时认识的。热闹的互动活动中，那个女孩子静静等在人群后。人群散尽，她方才趋步上前，未成言语，眼睛里已含两泡泪。

原来，她中午刚与父母争吵。父母气急之下，说出这样的狠话，你滚出去，再也不要回来！

为什么我跟他们无法沟通？为什么他们总要命令我？女孩子无比委屈地问我。

为什么呢？因为他们是父母呀。父母是以爱孩子为己任的，他们总是千方百计，用他们毕生的经验和心血，替孩子筑起铜墙铁壁，来抵御可能会受到的攻击和伤害。他们不知道，他们圈起的，恰恰是孩子的自由和长大。他们不知道，孩子都有一颗奔跑的心。他们以爱的名义，竭尽他们所能，含辛茹苦，却在无意之中，伤害了孩子，——请谅解，他们是无意的哦。做父母也不容易呢。

那我们怎么才能让父母知道自己的心呢？很显然，靠争吵，完全行不通。只能使你们之间的裂痕越来越大，父母会痛心疾首，怎么生了个白眼狼！你也会怨恨叠加，怎么就投生到这样的人家！殊不知，你们双方都是爱着的呀，爱有多深，伤就有多深。我当时给那个女孩子支了一招，我说，给你的父母写封信吧。

女孩子犹豫着，说，我不好意思呢。

我说，对自己的爸妈有什么不好意思的？你光着身子来到这个世上时，是他们第一个抱你入怀的。

女孩子后来真的给父母写了一封信，她在信中写道：

亲爱的爸爸妈妈，当你们十六岁的时候，都在做些什么呢？你们那时的梦想是什么？你们有过烦恼犯过错吗？我好想和十六岁的你们做朋友呀。——如果，能在十六岁相遇，我们会成为朋友的吧？因为，我就是你们呀，你们就是我。

据女孩子告诉我，她的父母看到她写的信后，抱着她哭了。他们和好了，他们推心置腹地说了很多话。

眉心，你不妨也写上这样一封书信，给你的父母。把你心里想说的话，通过笔墨，一个一个落到纸上。当你一笔一画写下时，你的心情，会慢慢变得很宁静，甚至美好起来。如果，你再挑好一点儿的信纸，就像你喜欢的古典。如果，你再挑一支好一点儿的笔，也还是古典的。如果，你是在橘黄的台灯下。如果，你的桌旁再伴有一枝的花开。嗯，我信，落到你笔下的字，定是馨香的、典雅的，你所有的怨愤都会跑得一干二净。剩下的，唯有感激，感激父母，把你带到这个美好的尘世来。感激你所遇到的一切。

当你的父母，展读你写给他们的信，我想，他们的心里，定会荡过温柔和感动的波吧。他们开始追忆他们的逝水年华，会在里面找到理解你的那把钥匙的。

眉心，这样的书信，还会成为你父母的珍藏。也必将是你成长路上，一朵绽放的小花，永不凋落。

NO.4

# 人生就是人生

我更愿意人生就是人生，就是我们真切地活在这个尘世里，爱着，眷恋着，一呼一吸间，都闪耀着日月的光辉，花草的芬芳。

# 每一天都是良辰

亲爱的晓晓，读你的信时，我的窗外，正下着雨。雨不算大，有细微的滴答之声，很轻灵。

我听着雨，像谁在弹着六弦琴，有悠扬婉转之意。我很高兴，我知道这场雨，会抚绿河边的那些柳。“朝佩皆垂地，仙衣尽带风”，春天里的好景象，柳是数得上第一位的。这场雨也会催开一些花朵，迎春花、金银花、连翘、桃花、梨花、杏花、海棠、樱花……哪一场花事，不是拼了命的往那热烈里头钻？热烈啊！生命要的就是这样的热烈。我每每遇见，总不能自已，甘愿被它们俘虏。

爱啊。

是的，我爱。我爱这个世界。每一天都是良辰，——如果我愿意。

晓晓，你也看到花开么？你也看到，生命的热烈么？你说你二十八岁了，这真让我羡慕。二十八岁，多好的年纪！恰如一段良辰，只春天的花团锦簇才能与之相配。可是，你却说你厌倦了这个尘世，你不喜你现在的工作，感情又屡屡碰壁，父母又不知体贴，你渺小如尘，没有人在意你，活着的每时每刻，在你，都是煎熬。你问我，人为什么要活着？

人为什么要活着呢？在我，答案很简单，是因为不舍得啊。晚上出门散步，看到一枚花朵般的月亮，开在天上。草木都开始返青了。河边一棵桃上，也都爬满了小花骨朵。用不了多久，又将是一个姹紫嫣红的缤纷世界。做人真是有着千般好处呢，总有这么多的好在等着，有这么多可眷念可赏悦的。你叫我如何舍得！

是，我也有不顺有烦恼。曾一度，工作压力也挺大的。世事纷纷扰扰，我也如叶落漩涡，上下浮沉。我尽力着努力着就是了，实在没有多余的时间去烦去恼。因为，剩下的时间，我要用它去感受美好。每一天，总有那么多新颖有趣的事，叫人高兴不过来的。太阳初生，像枚红柿子。雨后遇见蜘蛛织网。看到稚童玩耍。一棵花树开满花。鸟雀忙乱地飞。送快递的车子，快速驶过，却洒下歌声一串儿。陌生人一声善意的提醒，哎，你的东西掉了。天上种满白蘑菇一样的云朵。黄昏下，看路上每个行人肩上，都好似扛着一朵夕阳。真正是好啊！

我总在日子里如此地瞎高兴。看到月亮出来会高兴。数着星星会高兴。在月色里，辨认出哪种树木是紫荆，哪种树木是梅树，要高兴。听到两只鸟，变换着嗓子，比赛着叫，要高兴。看到蟹爪兰还在开花，要高兴。看到买的漳州水仙，终于长高了，捧出花蕾了，要高兴。丢下的桂圆种子，冒出芽芽了，要高兴。喝着红枣茶，要高兴。看到我的书又加印了，要高兴。新写出不错的文章来，要高兴。刚看完一本书，清少纳言的《枕草子》，不咋的，但好玩，我同样高兴得很。

晓晓，当你也能如此高兴时，你还觉得时光难熬么？对你所做的工作，你丢不开，理还乱。那唯一的办法，就是试着去喜欢它，带着欢喜心去做。换个心情，没准你会渐渐热爱上它。如果你实在不喜欢，就不要过分勉强自己，现在工作的机遇多，再找一份也不算难事。至于感情之事，碰过几次壁，有什么大不了的？谁的感情之路，没有经过几番折腾，才最终修成正果？你只是没有遇到适合你的那一个罢了。

你若盛开，蝴蝶自来。晓晓，你现在要做的，就是好好地盛放。把每一天，都当做良辰来过。你浸染其中，久而久之，也会成为一道美丽的风景的。

# 幸运一直都在

雨凡，你说你是个很不走运的人。出生于偏僻乡村，无家世可拼，无权势可倚，一个人，赤手空拳打天下，处处低人一等。多年拼搏，终于挤进城里来，也不过是觅得一份寻常工作，娶了个寻常的妻，生了个寻常的孩子，一家人挤在不足五十平的蜗居里。

你说这世界，处处都写着“不平”二字。你厌倦了你所做的工作，清水养鱼，再努力也升不了职发不了财。你看不惯太多的人，太多的事，它们偏偏如蝇虫相随。你抱怨生不逢时，没有慧眼识英才。你甚至对你居住的小区，也一日一日看不入眼，生了嫌弃的心。老式住宅楼，多的是底层平民，看上去，都是一副灰不溜秋的样子。你说，就像一群鸦，你也是其中一只。总之，你的日子里，有着太多的不如意。

你让我想起我的两个同事来。他们也曾如你一样，抱怨着这不公那不公的，好像全世界都欠着他们。直到有一天，单位例行体检，一同事被检查出肺部有暗影一团。医生断定，癌。那同事当即瘫倒，面色煞白，整个人感觉都不好了。他再也吃不下饭，睡不着觉，看上去就是一晚期癌症病人状。他揪住每一个前去看他的人，气若游丝地说，怎么偏偏是我得这种病？

后他被送去外地大医院复查。复查结果，只是肺部感染，不是癌。那同事得知结果，狂喜得像中了头彩，他对着医生恨不得磕头，泪流满面地一个劲说谢谢。出得医院大门，他看天天也好，看地地也好。身旁走过的陌生人，也都是好的。街旁的花草树木，也都是好的。这世上，竟没有一样在他的眼里不是好的了。他说，算是死过一回的人了，才知道，活着，是多么幸运！

另一同事，双休日约了几家人一起出游。路线也都选好了，酒店也都在网上订好了。就在他收拾好行李，准备出行时，突然接到乡下老父亲的电话，说在干农活时，摔断了腿。他当时真是恼火得很，埋怨着老父亲，怎么早不摔断腿晚不摔断腿的，偏偏选他要出行的时候。但也没别的法子可想，只得取消行程，眼看着另几家欢欢喜喜出游去了。

傍晚，他在老家，有消息忽然至，说出游的几家，路遇车祸，死伤过半。我这同事惊呆了，愣在原地，半晌没说出话来。事后，他越想越后怕，紧紧抱着他的老父亲，感激万分，一遍一遍说，真是万幸哪！

雨凡，你瞧，幸运其实一直都在的。很多时候，幸运不在于你有没有得到，而在于，你有没有失去。你守住了健康、平安和喜悦，你是幸运的；你晚上归家，家人一个都不缺，都好好地在着呢，你能陪着他们，享受着家常菜的温馨，你是幸运的；窗外风狂雨骤，你的蜗居虽不大，但足够你躲避风雨，你是幸运的；每日清晨，阳光重又爬上你的窗，你又拥有了新的一天，你是幸运的；黄昏时，你穿行于俗世的庸常里，路边花开灼灼，瓦肆之中，寻常烟火蒸腾，那一刻，你在。你说，你还要怎样的幸运？

# 读书使人变得有温度

我叫你心苑，可好？

你的昵称可真长啊，叫紫藤花开在心苑里。你很喜欢紫藤花吧？我也喜欢。四月紫藤花开，校园的长廊上，伏着那么一丛丛，垂下深紫的花帘，好似有仙人住在里面。我总忍不住跑去那里，走来走去，能走上一下午。心苑，你是否也做过这样的傻事情？可以想象，你是个心思细腻敏感柔软的孩子。人有柔软，多好。

你只问了我一个问题，读书，除了为了应付考试外，还有什么用呢？我似乎看到你正蹙紧双眉，面对摊开的教科书，一百个不情愿。

你的苦恼，我理解。学习是件苦差事，天下的孩子都一样。要是没有外力压迫，谁愿意埋首在教科书里呢！但我们成长的起步，是要从这里开始的。我们要通过这些教科书，去打开一扇又一扇认知世界的窗。

然而，心苑，读书不等于就是读教科书，也不仅仅是为了考试。书的海洋，浩瀚无际。单单文学书籍，就叫人眼花缭乱得很，中外的，古今的，诗词歌赋，传记传说，小说散文，无所不有，一浪逐着一浪。你深入其中，或许一时半会，还体会不到它的好处来。你且读上一个月再看。读上一年再看。读上两年再看。读上三年呢？四年五年呢？你会发现，你的内心，早已丰富起来，胸中有丘壑，腹中有锦绣。你的眼界，也早已宽广起来，古今多少事，都付笑谈中。读书，能使你到达你去不了的地方，使你阅尽你本不能知晓的世事人情，使你学会爱、珍惜和感恩。读书，其实是一场修为。

写到这里，我想起一个叫允的孩子来。年前，他从苏州回，陪在老家的爷爷奶奶过年。他说读了我不少书，要约见我。

我们约在小城的咖啡馆见。他提前到了，叫好咖啡等我。我去时，他正低头在翻一本书，那安静读书的姿势，着实叫人感动。说不出的感动。好比你正走着一段极寻常的路，路边风景天天都看乏了，却意外遇见了一棵开花的树。

那天，我推迟掉另外的事，和他聊了好久。他是个长相一般的男孩子，瘦瘦的，个子不高，但一笑起来，就有了不一样的光芒，又知性又阳光。我由衷夸他，我说你真是个好孩子。他却笑着看定我，认真地说，不，老师，我曾经不是，我曾经是个“问题少年”。

从小跟着爷爷奶奶过，做着留守儿童。老人也不知怎么教育他，只管他吃饱了穿暖了就万事大吉了。他像匹野马驹，养成了一身的野性子。调皮闯祸，那是家常便饭，三天两头有人上门告状，说他打破这个的头，揭开那家房上的瓦了。他在外打工的父母，最后不得不把他送进一家私立学校去，那所学校采取封闭式教学，管理严格。一匹野马，被关进了笼子里。他终于安静下来。

在私立学校，日子漫长，他无聊极了，不得不用读书来打发时光。渐渐的，他竟迷上读书。虽因学习底子差，成绩并无起色，但他却读了不少好书，像《古文观止》《红楼梦》，他都读了下来。

十七岁，他初中毕业，去了苏州打工。他在饭店做过小服务员。在广告公司发过传单。如今，他二十三岁了，已进了一家比较大的汽车修配厂工作，月工资达到一万以上。不管到哪里，他的身边，一定都带着书。做小服务员那会儿，他晚上回宿舍再晚，也要看上两行书，心里才会踏实。别人笑他，你一个小服务员，还看啥子书嘛，看了有啥用！他笑笑，不争辩。因为读书，苦日子也不觉得苦了，待人接物，都能宽容了。他说是读书改变了他，弥补了他的很多不足。现在，在公司里，他还兼做着文案策划，公司的人都很信服他。也是读书让他明白了许多做人的道理，从前很对不起爷爷奶奶，没少让他们操心，却从不知回报。现在，他只要一有假期，就跑回老家来陪两个老人，烧饭做菜，他样样精通。

他说，读书使人变得有温度。心苑，我想把这句话送给你。愿你也能像他一样，热爱读书，成为一个有温度的人。

# 炼就一颗平和心

梅，不好意思，我又来麻烦你了。

今天我想跟你吐吐我的烦恼。我嘛，曾经也是个胸怀大志的女文青，当年我可是凭着一叠发表的文章，才应聘到现在的单位的。然结婚后，我整天的中心，就是围绕着老公和娃娃转了，整个人变得俗不可耐。还要应付一份工作，每天活得很机械很麻木。这很可怕。我那可爱的文青梦呢！看你每天都那么从容地读书、写作、生活，真是羡慕得不得了。我做不到了，偶尔捡起一本书来，想好好看看，困意立即袭上来。睡醒了又懊恼不已，时间啊，我的大好年华啊，真不甘。偶尔铺开纸张，想写点什么，但脑中却空空如也。亲爱的梅，你是怎么做到那么气定神闲的？难道你没有家庭拖累工作拖累不要应付各种各样的应酬吗？梅，你说我该怎样做出改变？再这样下去，我怕是要疯了。

——爱你的晴格格

格格，看你的信，我笑了。嗯，每每看到你的信，我总是要笑。我的眼前晃着一个穿着白裙子，扎着麻花辫的姑娘，她站在一片绿色的田野上，旁边站着她的小娃娃。要多美好有多美好。可惜，这个姑娘她自己不知道。

的确，生活是繁琐的，我们不得不在其中穿梭，于千头万绪中，理顺一条路，好让自己好走。这是最能磨炼我们心性的一件事呢。如果我们心烦气躁，那本来就繁琐的事情，会变得更繁琐，我们眼里见到的，耳里听到的，心里所感受到的，都是琐碎的烦和恼了。最后，你会越来越受不了了，原本存在的美好，也被你忽略不见了。似乎生活处处都是荆棘都是麻烦，而你昔日的抱负，早已成零落的花瓣，委身地上。最后化成泥土，连尸迹都难寻觅。

然如果，我们心平气和呢？纵是一团乱麻摆在你跟前，它总有个头，有个尾，只要我们静下心来，理出它的头，慢慢儿也就能理顺了。慢慢儿的，原本繁琐的事儿，都变得不再繁琐，反而成为一种享受。对，就是这样的，你要怀着美好的心情来对待一切，那么，你觉得有负担的一些事，就会变得顺畅多了，你渐渐的，会爱上这样的生活的。

我也有家庭，有工作，有时也有一些应酬啥的，但我从没觉得那些是拖累。我做家务，我把那当做是休闲，而不是繁重任务。我一边听音乐一边做。我一边背宋词一边做。或者，做一会儿，我就跑到窗口去看看外面的天空，天空总能带给我惊喜，那些变幻的云朵，是这世上最有本领的魔术师。我也养了很多盆植物，每日里跟它们厮混一会儿，眼睛都是澄澈的。这样的家多好啊，我爱。我不喜太长时间外出，时间长了，我会很想家。

做饭在我来说，也是很有成就的一件事。看着不同的食材，在我的手底下，变出一盘盘佳肴来，那成就感，真的不亚于写出一篇好文章呢。我偶尔也玩玩小点心，把面粉调拌调拌，做出蛋糕来，做出米糕来，犒赏自己，和家人。

带娃娃我也没觉得是负累。就像看着一棵植物生长一样，总能发现很多有趣的，愉悦心情。他会走路了。他会说一个单词了。他会说一句完整的话了。和孩子待在一起，能让人变得柔软。和他们对话，就是和天使对话。有些稚言稚语，孩子脱口而出，就是诗，那是从天真里长出来的，从童稚里长出来的，再伟大的诗人也写不出来。

对了，我还爱绣十字绣。每日绣上两行，看枝叶花朵，在我的一针一线中，鲜活起来。这等快乐，也是千金难买的。

至于工作，我努力做好就是。也只把它们看作是植物，这里长叶，那里开花，这也是很有意思的。而我最喜欢的是下班路上，不要那么忙着赶路（迟一会儿天掉不下来的），一路走，一路看着路边的树木花草，还有人家。在凡俗的热气腾腾的生活之中，想象人生的种种可能性。那些可能性，有时，都会成为我手底下的文字。

格格，带着这样快乐的心情，我们再去读书、写作，焉有不顺利的？那也只不过是换了一种休闲方式而已。当然，读书和写作，是件相当寂寞的事，你还得耐得住寂寞才行。在这个纷繁复杂的尘世，我们要练就的，就是一颗平和心，耐得住繁华喧闹，也守得了清静孤独。到这时，你方能在自己的心里修篱筑菊，面对琐碎杂乱，从容不迫，游刃有余。

# 最好的爱，是放手

若琳你好。你来信倾吐的是一个做母亲的担忧，你说你唯一的女儿，被捧在手掌心里二十二年。如今，她要独自去往外面的世界。她倒是兴兴冲冲，你却夜不成眠，舍不得，又担着心。你恨不得变成她的包裹，紧紧跟着她，寸步不离。你担心她照顾不好自己。你担心她遇人不淑。你担心她一点生活的经验和技巧也没有。总之，担不完的心。你说你想把她留在身边，却找不到办法说服她。

亲爱的，我很吃惊你有这种想法。你是想把你的女儿当做宠物，一辈子关在你母爱的笼子里吗？那跟养一只鸟儿或猫儿的有何区别？女孩子从小娇惯了点，关系或许不大，只要她是善良的，只要她不过分自私自利。你没有教会她的，生活很快会教会她。但前提是，你得放手，让她去走自己的路。

我有一同事，她的女儿从小也是被娇惯着长大的，衣来伸手，饭来张口，惯出一身的公主病。上大学时，七大姑八大姨全都跟上了，这个给她提着行李，那个给她挎着包。包里装的，全是吃的。还有人专门给她拎着水果的。她大小姐在前面甩着两条胳膊，轻松地走，却不时冲同事撒个娇，嚷嚷着，这热死人的天，累死了，累死了！

在学校里住着，大小姐三天两头电话回家，抱怨着住宿条件的不好，抱怨着学校食堂伙食的不行。她一抱怨，我的同事立马就打马飞奔而去，带着好吃的，去慰问这个大小姐。临了，扛回一堆大小姐换下的脏衣服，洗好，熨好，折叠齐整了，下次再给大小姐送去。

我们都替同事愁得慌，这么娇滴滴一个大小姐，日后如何安身立命，独自生活？同事倒不愁，很淡定地说，船到桥头自然直嘛，从前，我比她还娇气的。

不大肯信。同事这么一副贤妻良母型的模样，很难想象她从前竟也是娇气的一个人。

大学毕业，大小姐想留在同事身边工作，同事出人意料拒绝了，把她推送得远远的，让她去了异乡。

一晃，大小姐谈男朋友了。陷入爱情中的大小姐，虽还有些娇娇滴滴的，却有了改变，居然，学起做饭来，学起做精致的糕点来。一番勤学苦练下，大小姐做的饭菜，很有模有样了。大小姐还学会煲汤。据同事说，大小姐煲的养胃汤，色泽清淡，入口却极爽滑，香而不腻。我们无法体会那“香而不腻”到底是种什么口味，但看同事陶醉的样子，想着，一定是极好喝的。大小姐烤的面包和蛋糕，也是松软恰当，有型有款的。同事很得意地带来，让我们分享过。

十指不沾阳春水的大小姐，为什么肯下厨呢？自然是因爱情。爱情会让一个女孩子，迅速地与烟火纠缠起来，在那里面种植着她最绵长的幸福和甜蜜。

大小姐后来很顺利地走进婚姻殿堂。不久，大小姐有了孩子了。同事帮她带孩子，大小姐居然还不大放心，生怕同事不小心弄伤了她的孩子，事事都要亲历亲为。我们去看大小姐，亲眼见她抱起孩子，笑嘻嘻地给孩子换上尿布，然后，左抱右扎，把个小人儿收拾停当。动作熟练得一气呵成。

天底下最伟大的身份，是母亲。当一个女孩子成了母亲之后，她就成了一棵大树，一座大山，一个能够抵挡所有风雨侵袭的温暖港湾。

若琳，最好的爱，是放手。你到了该放手的时候了，让你女儿去走她自己的路吧，历她该历的风雨。你就耐心地等着吧，你的女儿，会变得比你更强大。

## 因为爱呀

梅子姐姐，我感觉心理好像出毛病了。我是一个新手妈妈，昨天夜里忽然醒来，看着妞妞一动不动，也没有呼吸声，吓得赶紧把她举了起来，一直折腾哭了才算。唉，我心里总有这样不好的想法，我还以为她……

之前看新闻，一个新妈妈，躺着喂奶，宝宝窒息了。这已经不知道是第几次我这么折腾孩子了，妞妞只有 4 个月大。我就是那种忽然惊醒，忽然看着孩子，看她睡着不动，也没有喘息声，就以为她……

梅子姐姐，我这是不是心理疾病啊？看着一个人躺在那里睡觉，如果没有喘息声音，我就觉得这个人死了。自从去年，父亲夜里突然病逝，我就落下这个毛病了，那种眼看着却没有任何办法的无力感，总是害怕突然失去。

——苹果家的樱桃

亲爱的樱桃，看着你的昵称，我笑了，你是一个多么热爱水果的姑娘啊。

我首先要恭喜你当妈妈了。女人的一生，要扮演很多角色。其中，最幸福最富于挑战性的，莫过于扮演母亲的角色了。当一个女孩成为母亲后，她会变得更细腻更柔软更善良，还有，强大。她几乎是在一瞬间强大起来的，她要成为一棵大树，为她的孩子遮风挡雨。她要成为矛成为盾，为她的孩子冲锋陷阵。

樱桃，你也是这样的一个妈妈，只你不自知罢了。

当一个小生命，突然降临到你身边，你大概有些手足无措了，不知怎么爱她才好。——这是每个刚做妈妈的姑娘，都会遇到的状况。我曾经也是，在我孩子还小的时候，每晚，我不放心把他放摇篮里睡，而是放我臂弯里睡。有时半夜里突然惊醒，似乎听到孩子的哭声，看看臂弯里的孩子，睡得好好的。有时就要睡过去了，却不放心，非得再拉亮灯，把孩子上上下下察看一遍不可。白天孩子睡在摇篮里，我会不时跑过去，伸手探探他的鼻翼。明知那很好笑，可是害怕呀。直到确信他无恙着，心里才安心。

你看，做了妈妈，我们都成了胆小的人了。所以亲爱的，这不是你的心理出毛病了，而是因为爱呀。爱得太深，就自然害怕失去。

只是亲爱的，我们要适可而止哦，不能一味沉迷于这种爱里，一旦过于沉迷，那就变成畸形的爱了。这对你，对孩子，都没有好处。它会使你陷入胡思乱想，影响身心健康。而孩子，正如你所说，被你折腾得真够戗。

你说的新闻里妈妈躺着喂奶，导致孩子窒息的事件，只是个特例。这世上，意外之事总是有的，有人跑路摔着了。有人吃饭噎着了。但我们不能因此，就害怕走路害怕吃饭的是不？一切皆有命数，你且放宽心怀，顺其自然。平时，只要把一些小细节注意好就行了。比如，不躺着喂奶。比如，棉被不要捂到孩子的脸上。嗯，建议你找本育儿手册看看。等孩子稍大些，我想你的紧张感，会慢慢消失的。

关于你父亲夜里突然离开的事，你也该放下了。他以他的方式，到达了另一个世界，他已无悲无痛，你又何必执着于悲与痛呢？失去的，总要失去，只是提前了一些时日而已。既然已经这样，还是选择接受吧。过好你当下的日子，带好你的孩子，就是对他最好的怀念。另外，你还可寻找些开心的事来做。比方说，捧几盆植物回家来养，让你的爱，分洒一点出来。看着花花草草们生长，就像养育另外的儿女，也是很有意思的。

# 沙漠里开什么花

朋友宗，当年因生活所迫，跟着一支工程队，远去那陵格勒沙漠深处。那时，他与外界的沟通，基本上靠书信。我们因文字相识，信来信往一年多。这是我写给他的第一封信。

——题记

宗，你好！

夜，很沉了。我所在的小区，已少有灯光。偶有虫子的叫声，从楼下的草丛里传过来，一声高，一声低。我在书房，给你写信。

落笔之前，自己想着要笑。人生真是说不出的有趣，生命中原本两个毫不相干的人，却因文字相遇了。在这里，就在这里，不偏不倚，不早不晚。问一声，嗨，你好吗？——哦，我很好很好的。

是在去年，我就多次听胡荣说起你，说你远在青海那个风沙出没的地方。说你在冰寒孤寂的帐篷里，把蜡烛插在泡沫板上，就着烛光读书写作。字写到一半，蜡烛油滴下，凝固在纸上，好像开出的花朵。他每说一次，我的心都要感动一回。我对胡荣说，我要认识这个人。这很好笑了是不是？我什么时候变得这样“追星”了？

终于“认识”了你。是你的一个电话先至，在我知道你的同时，你亦早已读过我的文字，早已知道了我的。当你那裹着风沙的声音，越过千山万水，抵达我的耳边时，我竟不能相信是真的。你是那么远，又是那么近，一时竟是说不清的。

我看你写草原的文字，四周全是茫茫的荒漠，天上一只飞鸟也没有。我看你写中秋之夜想家了，为了打一个电话给家人，你率民工攀上山巅，寻找信号。我看你的忧伤，看你的坚持，看你在黑夜里寻找光明……那个时候，我不止是感动了，竟混杂着疼痛。如果可以，我愿意把我的阳光，送给你。

想起我常对孩子们讲的两句话：只要心中有阳光，再多的灰暗也会变得灿烂；播下善良，就会收获一路的芳香。这个世界之所以叫人留恋，是因为还有阳光还有善的存在啊。就像你的存在。

善心如花。

你的坦率，你的真诚，你的坚守，在这个沙砾遍布的人世间，一如荒漠中的绿洲，抚慰着人的灵魂。如果说这个世界，真正还有一种天长地久的东西存在，那一定是“善良”。它能使人世间的坚硬变得柔软，就像月光垂下万千条藤蔓。这么想来，你远在天边的受苦，便都有了意义。

我教室后面的墙上，挂着一幅中国地图。孩子们在做习题的间隙，我会有意无意地踱步到那里。我盯着上面那片浅蓝或褐黄的色彩，找寻着你的方位，目光久久落在那个叫那陵格勒的地方。之前，那片土地与我毫无关联，我不知道它，就像它不知道我一样。而现在，它对于我来说，多么亲切和亲近。因为，你在那里！我的牵挂，便有了落脚的地方。我用手指丈量着我们之间的距离，浅浅一盈，咫尺而已，而事实上，却远隔了无数的山水。我站在地图跟前，默默微笑，想象着你在做什么。是在工地上忙碌，还是在帐篷里读书写字？是不是大白天里又飘起了雪？茫茫复茫茫。耳边，除了呼啸的风，还是呼啸的风。

想到你在荒漠深处不知还要待多久，真有些心疼。如果可以，我好希望能把我的阳光洒到那个地方去。

有隐约的花香，从窗外飘进来。我知道，是广玉兰。那么大的一朵朵，白鸽子似的，歇在枝上。你那里有白玉兰吗？沙漠里开什么花？给我摘一朵吧。

# 坐看云起时

丁作家您好：

接到这封信，您定会感到奇怪，因为我对您来说，是陌生的。但是，对我而言，您却是我再“熟悉”不过的作家。

而写这封信给丁作家您，我的心情是复杂而无形的，因此根本不知从何说起，也不知哪轻哪重，只能说些也许憋在我心里许久的困惑，如若有不到之语，还望请见谅。另外，内容也许长些，但不求您一次看完，我有的是时间，等您的回音，哪怕仅有只言片语。

……

我生在苏北农村，家里很穷，但打小学三年级起，心中便渐渐喜欢上了文学，以至于多年后开始萌发想写小说特别是长篇小说的念头，而且随着时间的流逝，欲念变得越发强烈。

……

说个更让您惊异的情况，我是男人，一个已步入“奔五”行列的男人，是一头笨极了的猪。但就这头老猪，心却不死，还念念不忘成就人生风景，在一分一秒的写作欲念中痛不欲生、垂死挣扎，其实对我自己细思起来，觉得这话一点都不为过。我的这种景况，直接造成我做什么都显得“不在状态”，给家人、领导、同事、朋友几乎所有人的感觉，就是不理解、我离他们很远、像有仇而不给人靠近，实际都是我的心理状态惹的祸，我从没对任何人诉说过，自然他人也就无从知晓，仍然保持着相互间的若即若离的情态。说起来，这要算我的最大的悲哀，因为思念写作、写作又不能，却完全丢掉了生活和交流，丢掉了活生生的日子。最可怕的，现在连自己都觉得变成麻木的人了，思而痛，痛而思，身不由己，话不投机，吃饭饭不香，睡觉觉不实，有种情结，大概是要了结了才行，否则真不知要如何面对以后的岁月。

……

我想请教您的是：如何进行写作？

……我的思想的低下、情感的稚拙、文性的劣质，这所有看来，都不适合在文行立脚。现实情况惨痛又残忍的是，我却死死抱住这样的理想之树不放，永远不能也不愿释怀。也许，处于这个年龄段，已经不能叫理想了，而应叫做愿望，这一辈子，这种愿望要是不能实现，到死时恐怕都不会闭眼了的。

……

我特别想了解一件事情，也是我思考了许多年、特别想知道的一个情景，就是作为作家、诗人这些人，他们每天的内心状态到底是个什么样？他们的思想和感情真的每时每刻都与众不同吗？举个极端的例子，比如海子会选择死，那他的内心是怎样的，是什么想法让他变得如此激烈而走极端？他的思想感情真的就那样激烈吗？我觉得就我这样的人，都一直觉得生命很宝贵，而不会轻易抛弃活生生的身体，让灵魂游离躯体。可他，却愿放弃活着，这到底怎么回事呢？

我的座右铭是：山阻石拦，大江毕竟东流去；雪压霜欺，梅花终究向阳开。可是我很矛盾，虽有自信，却也游移不定，实在开释不了我的生命之意。

谢谢您的阅读，原谅我的不知所言。

——您忠实的读者

老乡你好。

我也是苏北人，至今还生活在苏北这片土地上。我们在地域上，应该相距不远。所以，我称你老乡，自觉挺合适的。你不介意吧？

老乡，你的信是我迄今为止，收到的最长的一封读者来信了，五千多字啊，是一篇大散文了。我读得很慢，读完，又回过头再读。我不敢疏忽了它的每一个字，那些带着体温带着重量带着真情的字。感谢你老乡，感谢你写出这么一封长信给我，感谢你信任我！我把它进行了删减，刊登出来，这个还请你原谅。你的信，虽是个例，但，代表了很大一部分怀揣着文学梦的人。我的回信，是给你的，也是给他们的。我替他们谢谢你！

你从小就怀了文学梦，且守着这颗初心，几十年未改初衷。这让我敬佩，也让我感动，这世上，能守着一颗初心前行的人，真的不多见了。单单冲着这一点，你就是个很了不起的人。

说了你也许不信，我小时，是没有做过文学梦的。虽也酷爱读书，也只是酷爱着。和你一样，我家里也很贫穷，自己买书读是不可能的，基本上都是靠借。村子里谁家有书，我都清楚着。借的书读着很不过瘾，我就整部整部抄下它。那时，我的梦想，是做个裁缝。村子里有个刘裁缝，人整日待在屋子里，不要晒太阳，不要干农活，面皮儿捂得白白的，令我羡慕。我还羡慕她的是，能赚到钱。我怕干农活，我受不了那种苦。我想我若做了裁缝，就可以名正言顺地待在屋子里。赚到钱后，我可以买我喜欢看的书。

再大一些，我的梦想变成了摆书摊的。老街上有摆书摊的男人，他拥有几百本的小人书。在那时我的眼里，那个男人就是世界上最富有的人。我要做那样的人，想看哪本小人书，就看哪本。想看多久，就看多久。

我最后没有做成裁缝，也没有去摆书摊，而是走上了写作的路。这多少有些出乎意料，因为，我从未奢求过，只是因为喜欢着，就写上了。至于能写得怎样，能写出什么名堂来，我也未曾考虑过，也不去想那样的事。只是顺着自己的心意走着，一切顺其自然。

也许在你的眼里，我现在是个颇有“成就”的人。你所说的“成就”，就是指出版了一些书，发表了一些文章，有一些读者追随着。然我真的并不在意这一些，有，我自然欢喜。没有，我也不难过，也不觉得缺失了什么。我享受的，只是文字轻轻落在纸上的那个过程。当它落纸成字了，它的使命，也就完成了。我爱文学，但它绝不是我生活的全部，更不可能成为我的生命。

老乡，你对文学的执念，对文学的痴迷，令我感佩。然，我不敢苟同。我们热爱一桩事，本应是欢愉的，是使自己的精神世界变得更为欢实丰满，而不是让它成为负担成为枷锁。你看看，你已成什么样子了，它已令你“痛不欲生”“垂死挣扎”，让你做什么都显得“不在状态”。你这哪里是喜欢它？你这分明是走火入魔了。它已让你偏离了正常的生活轨道，你若再不及时警醒和刹车，后果真的很令我担忧。

老乡，你现在执着的是，你为什么不能写出理想中的作品。所谓理想中的作品，在你的定义里，那是要能出版的，要能发表的，要能得到众多读者首肯的。你说，“这一辈子，这种愿望要是不能实现，到死时恐怕都不会闭眼了的。”——亲爱的老乡，你这么定义文学，真是极其狭隘的。文学难道不能完全成为一种个人行为吗？为什么非得出版了发表了才算数？就像你的这一封长信，我就以为它很文学，它把一个人的心路过程，表露得明明白白。如果热爱文学，就非得整出个千古传诵万古不朽的作品不可，那这个世上，根本没几个人配得起文学。

亲爱的老乡，我很害怕我的话，会伤到你。但我又不得不说，怀抱理想是一回事，实现它，又是另一回事。并非所有的理想，都能落土生根的。有时候，我们光有一腔热血是不够的，也要有一定的天赋在里头。当明知道不可行，却还执念着走下去，那不是坚韧，那是偏执。当它已严重干扰了你的正常生活，你说这样的执念，还有意义吗？

你请教我，如何进行写作。我认真思考了这个问题，还真没办法给出一个答案来。我的写，真的从没想过什么写作技巧写作方法，我只是顺着自己的心写，一切皆出于自然。有时，没有什么高的目标，随性随心，反而会有意外收获。这一点，我希望你能学习我，热爱它，但不要过于执念，有了感觉时就写两行。没有感觉时，就不要写。读读别人写的，这不也挺好么？

你在信里提到海子。你把一个个例，当做普遍现象了。你以为作家、诗人这些人，都不同于常人，他们的思想和感情，都有些奇葩。其实，哪里是。普通人因情感脆弱，走上绝路的，不在少数。海子也好，顾城也罢，他们只是这些普通人中的一个。只是因他们顶着著名诗人的头衔，引起些轰动，让人产生无穷的想象罢了。

比方我，也是寻常到不能再寻常的。洗衣做饭扫地抹桌子，我做着一个家庭主妇做的一切。也时常穿梭于市井之中，做那热闹中的一个。我用我全部的热情，爱着我眼下的生活，爱着这个尘世。

亲爱的老乡，人活着，千万不要太过用力，整天一副誓要与生活抗战到底的架势，那会很累的。你且放松下来，还自己自由，行到水穷处，坐看云起时。

# 琼，你好吗

琼，你好吗？

记得你第一次发信息给我时，号码陌生，我问，谁？你就给我发了个笑脸过来，然后告诉我，你叫琼。

琼，这个名字我喜欢。是琼花的琼。我喜欢琼花，花开时，蕊如玉盘，旁有八朵小花，杯盏般地环绕。传说中，此花是埋玉而成。想象里，叫这个名字的女孩子，都肤白貌美，气质不凡。你却笑，你说你不是，你长得很普通的。

你是我的读者，读过我不少文章，买过我一本叫《忽然花开》的书。一个午后，你在枕边翻它，忍不住给我发信息。梅子姐，你这样叫我。真喜欢你的文字啊，那么明亮，那么温暖，你说。

我的心，因你的真诚赞美，而开了花。

后来，便有了零星的邮件往来。你告诉我，你在四川汶川，家在大山深深处。我立即想到一句诗，云深不知处。我说，很美吧？你有些得意地回，当然。并热情地邀请我，有机会到你的家乡去玩。你说，你一定陪我逛遍你家乡的山山水水。

也加了你的QQ。偶尔上线，看到你的头像亮着，和我选的头像一模一样：一个有着粉红色头发，着粉红色衣衫的小姑娘，双手撑着下巴，两只大眼睛亮亮的，汪着一汪水。我笑一笑，并不和你招呼。你也不打扰我，你说，你在，就心安了。

这是我一篇文章的题目，你很喜欢，拿了去做你的QQ签名。你问我，不算侵权吧。我说，不算。只要你喜欢。

一次，你兴兴告诉我，夜里做梦，你梦见我了。你说蒙眬中，你看见我在一个开满喇叭花的院子里看书，你兴奋得不敢确信，站在院门口叫了一声，梅子姐。我抬头看到是你，很开心，走过来拥抱了你。你高兴得想跳，一高兴就醒了。你说，梅子姐，等我攒足钱了，我一定会跑去看你的。我说，好，你来，我会带你吃我们这里最好吃的小吃。

你跟我讲你的爱情故事。认识了五年的一个人，曾经很用心很用心地爱过，却被辜负了。我安慰你，你丢掉了一个不爱你的人，而他丢掉了一个，爱他的人，他的亏，可就吃大了。你大笑，立即把QQ签名换了，换成，弃之不可惜。

一直不知道你从事什么工作。你不说，只告诉我，你在打工。你设想将来，能办一家私立幼儿园，整天和孩子们待在一起，陪他们跳，陪他们唱，给他们讲童话。这样的设想，有点儿天堂的模样，天纯粹，人纯粹，岁月悠悠。

你给我寄过一个石头挂件，你说那是你家乡山上的石头。石头有浅浅的一抹水红，映在里面，光滑，圆润。我常佩戴着，配了黑色线衣，或红色长衫，很好看。

一些时候，因为忙，我不怎么跟你联系。你会于某个深夜，突然发来信息。梅子姐，你好吗？你这样问。然后，很煽情地说，梅子姐，我想你了，想得不要不要的，想得心中长满了藤蔓。

我一下子觉得，有阳光穿越而来，从千山万水外。我笑着给你回信息，我说，丫头，我很好的，谢谢你的牵挂，我也很想你。

人生因有了这样的记挂，倍觉美好和温暖，绵绵长长。

却从不曾想过，某一天，这样的记挂，会中断。灾难的到来，真叫人措手不及！一瞬之间，天崩地裂。亲爱的琼，那个时候，你在哪里？五月的汶川，天在哭，地在哭。

知道吗琼，有一种安慰，叫活着。此刻的此刻，在我的小城，五月的蔷薇，爬过人家的墙头，探过来一枝一枝的粉红。路上的行人，行走成一种安详。生命是这样的美好，而我，除了祈求，真的做不了别的。

我希望某天，会突然收到你的信息。梅子姐，你这样叫我，像往日一样。而后，很煽情地对我说，我想你了，想得心中长满了藤蔓。

而我的心中，此刻，真的长满了思念的藤蔓了。琼，亲爱的好姑娘，你还好吗？

# 有些爱，不能缺席

丫丫的春天，你好。你问了我一个顶实际也顶具有普遍性的问题：如何平衡家庭和工作的关系。

你说你目前很纠结。你有着一份薪水高、升职空间相当大的工作。公司最近还准备送你出国镀金，一回来，你就调到中层岗位上去了。但你丢不下两个孩子，大的四岁，小的才十个月。你说你想留在家里带孩子，但这份可遇不可求的工作，要让你辞了，你还真的舍不得。况且，出国镀金的机遇难得，过了这村就没这店了。你举棋不定，你问我你该怎么办。

丫丫的春天，恕梅姐姐直言啊，你知道人最可怕的是什么么？就是贪！我们总是吃着碗里的，还要望着锅里的。总想左手拢住锦绣繁华，右手搂住欢聚安康，一样也舍不得放手。可世上哪能什么好事都让你一个人占着的道理？人生有得必有失，正如潮水有涨必有落。日升月降，春与秋其代序，都是自然之常规。

我是个感性的人。我以为，天大的事，都大不过陪伴孩子成长。有些爱，是不能缺席的，一旦缺席，你再想回头弥补，已不能够。孩子的成长——是人生最重要的一章，这一章，没有母爱陪伴，无论怎么说，都是缺了一角的。而你的事业不同，它什么时候都可以重新开始，只要你有足够的才能，只要你不放弃学习，不让自己的内心长草。就拿眼前的机遇来说，看着的确够炫目的，又是出国又是升职，但那也只是眼前的。你焉知道，你将来不会遇到比这更好的？好吧，就算时过境迁，你再也遇不到，但也没关系啊，“才能”是装在你口袋里的，你从不曾丢失它，你完全可以凭借它，重新找到适合你的岗位。

家庭是社会最基本的细胞。没有一个好家庭，你工作再好，又有何意义？人热爱工作没错，但热爱的前提是，得先热爱自己的家人才是。家庭幸福了，也才有愉悦的心，投入到工作中去。丫丫的春天，现在你的孩子还太小，你的精力，应该更多一些倾注在孩子身上。你可以换份轻松的工作（能提供你的基本生活资金就行），不那么侵占时间，让你有更多精力陪伴孩子。在陪伴孩子的同时，你要警惕的是，千万不能让自己沦陷在庸常之中。你要不断学习，以便将来寻找到更好的机遇。

每每走过幼儿园门口，看到里面如雀们一般活泼天真的孩子，我总忍不住驻足在那里，看上一会儿。多么幼小纯洁的生命！将来，他们又会成为怎样的人呢？他们若美好，这个社会的美好就会多一份。他们若不美好，这个社会就多一份灰暗和危害。一个孩子，他不单属于某个家庭，他也是这个社会的一分子。

我家那人是警察。平日里，他见过太多的熊孩子，不学无术，坏事做尽。这些孩子，曾经也是白璧无瑕，无比纯良的，怎么就成长到了这一步了？这与家庭教育的缺失，不无关系。

当然，不可否认，有些孩子天生成才。可是亲爱的，你若错过孩子的成长，是不是也是一种遗憾？人说光阴似流水，盛年不再来。其实这话不完全对，人生的哪一个阶段，又可以重来？一眨眼，孩子就大了，他们的童年，也回不去了。

喜欢一句话：陪伴，是最长情的告白。这句话，用到孩子身上，也一样。你有多爱他们，就有多长的陪伴。不要以为这是牺牲，这其实是万金买不来的幸福。当你向社会输送了一个善良健康有素养的孩子时，它将成为你一生中，做得最漂亮的事。

# 这世上，还是有很多美好

麦子，你好啊。

真喜欢你这个名字。麦子，麦子，让我想起我的老家，春天麦苗青，初夏麦穗黄，一片一片的。鸡鸭牛羊鸟雀，还有人，都淹没在里面。风吹着一波一波翠绿，或吹着一波一波金黄。很美。

麦子，你见过那样的村庄吗？或许，你就是村庄的一个孩子。如果真是那样，我倒很愿意和你聊聊种子、庄稼、蔬菜、草木、虫鸣鸟叫。还有炊烟和老房子。还有篱笆和草垛子。河畔的一棵柳树上，牵绕上去的一蓬扁豆花，开得可真叫好啊。

我知道，你要反驳我，你要说那样的村庄是落后的、土气的、辛苦的、贫穷的。是，它没有高楼大厦，它没有霓虹灯闪烁，它没有车如流水马如龙。可是，它有宁静、纯朴和祥和。当一个农夫，倚着一垛草垛子，笑眯眯地看着他亲手种下的庄稼，茂密生长，他的幸福感和成就感，溢满胸中。那种幸福，无法用繁华与金钱衡量。自由来去的风，风中飘散着庄稼和果实的清香。野花遍地。天地广阔。这一些，又哪是哪座高楼大厦里能够拥有的呢！

好，我不聊村庄了，我来聊你的问题。你说你对这个世界很失望，你说它是灰的暗的，雾霾不断，灾难重重，到处充满了谎言和欺骗。麦子，我得感谢你，即便你如此不相信这个世界，你还是选择了相信我，愿意把这些话告诉我。那么，你是把我排除在谎言和欺骗之外的，是吗？那么，你潜意识里也承认，这个世界还是有美好的，是吗？

你也许受过什么挫折，遇见过什么不公。但你不能因为摔过一次跤，从此恨上走路。你不能因了一次被雨淋，从此看不见阳光。是的，我们的蓝天常被雾霾遮住。亦有灾难，时常来造访。人生的路上，总有千难万险。但一代一代，却能生生不息，一往情深。你道为何？那是因为，在这个世上，快乐永远多于苦痛，阳光永远多于阴霾。冬天再漫长，也总会迎来春暖花开。黑夜再黑得密不透风，也总会被黎明的晨曦穿破。

我认识一个补鞋匠，他在一条老街上，补了几十年的鞋了。他小时患过小儿麻痹症，腿脚不便，替人补鞋，是他养家糊口的唯一生计。补鞋这行当，搁在从前贫穷岁月，生意还行。然现在，人们早已不缺买双新鞋的钱了，很多补鞋匠，都另谋别的职业去了。他的生意，却一直红火着。老街上的人，鞋子穿旧了，不扔，统统送到他的鞋摊上来。那些补好的鞋，老街人拿回去并不穿，只是收藏着。隔些天，拿剪刀戳个洞什么的，又拿到他的鞋摊上来了。大家就这样，顾惜着他的生意，不落痕迹。

麦子，我们每个人心中，其实都住着一个天使。善良是花，无处不在开放。

曾于无意中看到一档电视节目，一个叫符凡迪的拾荒者的经历，叫我感动难忘。他不知道自己的年龄，出生没多久，父亲就过世了。从那时起，他就被恐惧和饥饿包围着。后来，他辗转到南方一所繁华的城市，靠捡垃圾维持生存。他吃过怎样的苦，都被他忽略掉了，时时记着的，却是对这个世界的感恩，那些来自陌生人的善意。他用这样的善意，又去帮助更需要帮助的人，他去照顾在街上卖唱的残疾人，他和他们成了好朋友。他爱看书，爱唱歌，书和音乐让他感觉到人世间的美好。

他说，我一直相信，世界上有很多美丽的东西，我也想成为其中一部分。是的，这世上，还是有很多美好。麦子，让我们，都成为其中的一个吧。

# 要把有限的精力，用在做有意义的事上

梅子老师，我去年复读了，但是今年高考依然没考好。准备再复读，可是我又担心年龄和身边人的言论，怎么办？

家里人劝我去读三本算了。但我就是觉得，上个三本，那比别人的门槛就低很多了，而且周围的环境和遇到的人也不一样。我想让自己上好点儿的大学，遇到和自己有相同趣味和想法的人，在一个好的氛围里成长。

不知道对于再次复读您的建议是什么。期待您的回复，谢谢您。

——装在袜子里的豆豆

豆豆，我很佩服你的勇气呢。要知道，选择复读，那是需要极大的勇气的。高考这条路，大凡走过来的人，都对它心存畏惧，除非万不得已，少有人愿意再回过头去重走。我至今还时常梦见，自己坐在高考考场里，卷子上大部分地方都还空白着，可是，结束考试的铃声却响了，我那个急啊。急醒了，愣愣半晌，方知是梦，按按"咚咚"乱跳的心口，觉得好是庆幸。

你却准备再次复读。这说明你是个意志很坚定的孩子，有自己的主见，且能沿着自己选择的道路，走下去。我欣赏你的意志力。有这样的底气撑着，你所说的复读的"障碍"——年龄和身边人的言论，都应该不足为惧了。

只是，豆豆，你真的有必要这么做么？真的有必要再赌上一年的时间，重复地走着已走过两遍的路程么？最终，达到你预期的目的还好，若是达不到呢？你是否再次选择复读？当别的孩子，已奔走在大二的路上，学着自己喜欢的专业，在更大的舞台上施展拳脚，你还埋首在中学课本里，在那题海战中沉沦不知归路，你真的觉得这是一种好的选择么？如果确实是因你高考时考砸了（你平时的水平远远超过这个），与你理想中的大学擦肩而过，那又另当别说。倘若并不是呢？这就有了下赌注的成分在里面了。

迎难而上，是一种高贵精神。但我们有时要辩证地看，这个"难"是什么样的难，有没有价值让我们赌上一把。人生要把有限的精力，用在做有意义的事上。

豆豆，你并非无路可走，三本的门，是对你敞开着的。你却说，“上个三本，那比别人的门槛就低很多了”，——瞧，你关心的，并不是你将学到什么，你关心的，是面子。是一时的荣耀和光芒。对这一点，我表示很遗憾，我不能赞许你。亲爱的宝贝，“面子”不能给你带来真正的成长，尽快学到真本事，拥有真才实学，那才算数的。三本的“门槛”或许是低了些，然跨进这个门槛的人，就代表都比别人矮一头了吗？学历低的人，或者没有读过所谓好大学的人，未必就没有成就。梅子老师我当年就是大专毕业的，且一直待在一个小城市里。啊，真不好意思，让你吃惊了吧？

高考是道门槛，高高低低，一溜儿排开。我们最好选择适合自己跨的那个门槛。就像走路，有的时候，会遇到阻碍，明明走不了，你却执拗着不肯信那个邪，勇往直前。精神是很可嘉了，然到头来，却是白费力气，还消耗掉许多好光阴，真是得不偿失呢。倒不如，拐个弯儿，另辟新路，走出另一番光明来。

考上名校的孩子，未必个个都能成为精英。我身边就不乏这样的事例，一考上名校了，似乎一下子功成名就了，到得大学里，彻底松懈下来，昏天黑地地玩，最后，被勒令退学回家。另有一些孩子，虽是读的三本或专科，却出息得很，考上研究生的，并不少见。甚至有考上硕士、博士的。

豆豆，学习是个终身行为，只要你肯付出努力，坚持不懈，你终会取得成就，到那时，谁还会去追究你是从哪道门槛上越过来的？得了诺贝尔文学奖的莫言先生，不过才小学毕业呢。

至于你说的“想遇到和自己有相同趣味和想法的人，在一个好的氛围里成长”，这个愿望并不高不可攀。你怎么就知道三本里没有和你兴趣相投的人的？有人群的地方，都有可能相遇到知音。而外界氛围的好坏，还在于你怎么去看。一个内心丰富的人，即便到了再坏的环境里，他也能很快搭建起一块属于自己的天空。只要精修你的内心，怀揣理想，努力认真，草窝里也能飞出金凤凰的。

# 有一种爱，叫遗传

我又闹牙疼了。

每隔一段日子，就要闹一回。在我还很年轻的时候，就犯着这种病。看过牙医，牙医检视一番我的牙齿后说，不容乐观，你牙齿的“土壤”太坏了。

我无比清楚这一点。我爸我妈的牙齿都不好，打我有了记忆起，他们就隔三岔五的捧着个头，眉头痛苦地皱成一团儿，吃饭也张不了嘴，只能喝糊糊。他们把这一强大的基因，无有遗漏地遗传给了我。尽管，我采取各种方法来维护和修复，也不能够。

遗传，这强悍的植入，貌似霸道，却又带着无比的温情。因为，我们不管走到哪里，身上都烙着他们深刻的烙印，知道自己是谁家的孩子，是从哪里来的，而不至于迷失。脸上的一颗痣，他们长在眉旁，你也长在眉旁。他们有颗虎牙，你也有颗一模一样的。他们臂弯处有块疤痕，你居然也有一块，位置不差分毫。你的眉毛像他们。你的嘴唇像他们。你走路的样子像他们。你喜甜食喜糯的东西，也随了他们。甚至于成年后，你的声音，跟他们也很类似了。总之，他们的气息，渗透进你的每一个毛孔里。

想起有一年，我姐要去大医院动个手术。我爸便写了张便纸，让我们去找他在大医院里工作的小学同学，他们也有很多年不曾见过面了。等我们辗转找到我爸的同学，尚未递出便纸呢，人家盯着我姐和我的脸，看了会儿，就笑了，说，我知道你们是谁的孩子了，你们俩的眼睛，长得跟他的一模一样。然后，他准确地叫出我爸的名字。

妙妙，你不觉得这很神奇吗？遗传这一强大的继承，让这个尘世生生不息，彼此交融，每一次相遇，都恰如重逢。

你说你遗传了你爸的痘痘，遗传了你妈的塌鼻子。你生着埋怨，怨他们把一个不完美的你，带到这个世上。你痛苦着那满脸的痘痘，和那个塌鼻子，你说你因此而自卑。

是的妙妙，这不是件令人太愉快的事，哪个女孩子不希望自己皮肤光滑貌美如花呢。只是妙妙，已然这样了，我们埋怨，会让脸上的痘痘少掉一颗吗？会让塌鼻子变得高耸起来吗？再多的埋怨，也改变不了一点点，反而会令父母生出愧疚，生出难过，那又何必。我们何不大大方方地授受？怎么了，我就痘痘了，我就塌鼻子了，那是上帝在我身上做的特殊记号呢。

再说了，过了青春期，痘痘会慢慢消失掉的。塌鼻子么，若换个角度看，也是一种美呢。你看啊，满大街都是那锥子脸高鼻梁，咱就来个塌鼻子，是不一样的可爱呢。你且顶着那个塌鼻子，高高兴兴的。想想，你和你妈都拥有一样的塌鼻子，多好玩！又是多么值得感激的事！就像我每次闹牙疼，我都要想一回我爸我妈，给他们拨一个电话回去。我妈都条件反射了，她会紧张地问，乖乖，你又牙疼了？我就乐得不行，我们多么心有灵犀。上帝用这种方法叫你惦记，不要遗忘。遗传，又何尝不是一种爱？

# 人生就是人生

小公主，你的问题难倒我了，你问我人生像什么？

人生像什么呢？我给一盆吊兰浇水。这盆吊兰跟着我七八年了。我常离家，一走十多天，它不得不常强忍着干渴，等我归。有时看它都枯萎了，但青绿的一颗心，却不肯枯去。我施以点滴之水，它便又顽强地活过来。很快，又冒出新的芽，抽出长长的茎。它的花，开得似乎漫不经心，细细碎碎的白，若不留意，也就被你忽略了。然细细端详，却有着别致的美和动人。一朵一朵小花，微微吐着蕊，像在宣誓：我终于，盛开了。

人生，好比是这样的一盆吊兰吧。既然选择了活着，就努力地活着，怀着初心，不肯轻易离场。

人生也好比一条小溪流吧。有的能一路向前，顺畅流到终点，汇入大海。有的会在中途拐几个弯，但历经曲折后，最终，也能抵达终点。有的，却在半路上止息了，断流了。有的，要穿越很多的乱石瓦砾，道阻且长，然它奔流的脚步，从不肯停留。

我在新疆，曾跟着一条小溪流走。它走过乱石，绕过山岗，山谷空寂荒凉，走得我都快失望了，很想折回头去。然它，没有回头，不屈不挠。它心里面装着蓝天，装着梦想，装着盛开，装着飞翔，就那样，走啊走啊，一直走到一座雪山的下面。我的眼前，突然洞开，七月的繁花多如星星，我看到了最美的草甸。

小公主，我们的人生，有时缺乏的，就是这条小溪流的精神呢。当走不下去的时候，不要轻言放弃，再坚持一会儿，也许，我们就到达了生命中的芳草地。

人生也好比一棵树吧。从一颗种子开始，从一棵小树苗开始，慢慢长。有的奋发向上，长成了参天大树，成栋梁之才。有的因品性不端正，长歪了，只能当柴火烧。也有的，脆弱不堪风雨摧，不幸中途夭折。绝大多数的树木，都能撑起葱郁，成为四季风景。就像我们多数人的人生，也许平凡，然却孜孜以求，营造出属于自己的美好和丰华。

人生也好比一面镜子吧。你哭，它也哭。你笑，它也笑。你青青的额上，小绒毛历历可数。它便也有青青的额上，爬满小绒毛。你眼角堆着皱纹，岁月的波浪，在里面荡漾。它便也有皱纹，如波浪一般。这面镜子，也可称作心灵的镜子，它会时时映照你人生的容颜是否明亮。

电影《阿甘正传》中，阿甘的妈妈对阿甘说，人生就像一盒巧克力，你永远不知道会尝到哪种滋味。——她说的是，人生在于不断尝试，酸甜苦辣你也许都会尝得到。我想换成另一种说法，人生就像一场旅游，你永远不知道，下一个路口，会遇见怎样的风景。

我们也只有走下去，才能遇到。那景致也许很一般，也许很美好。但人生一场，就是为了体验不同的风景，也才有意思，从而成就我们的丰富和完满。

其实，小公主，我更愿意人生就是人生，就是我们真切地活在这个尘世里，爱着，眷恋着，一呼一吸间，都闪耀着日月的光辉，花草的芬芳。就是我在这里，就在这里啊，我好好活着，我看见天空和大地。我看见花开花落，鸟雀飞翔。我看见衰草连天，那里面，又冒出鹅黄的新芽。

# 老师跟你有仇吗

宋真真，读你的信真叫我读出一身汗哪。我一边读，一边在反省，我也曾在教学第一线待过多年，有没有让某个学生这么恨过？若果真有，那我至今还毫发无损，真是侥幸啊！然又心酸委屈得厉害。因为，作为一个老师，我是真心实意希望每个孩子都有个光明的未来，为此可谓殚精竭虑。有哪个老师会跟自己的学生有仇呢？他也只不过是“恨铁不成钢”的师爱泛滥罢了。

宋真真，你说你特恨你的数学老师，他也特别恨你，你们之间的关系，已到了水火不容势不两立的地步。你本来数学成绩还可以，但就是因为不待见他，致使你的数学成绩一落千丈，你简直连揍他的心都有了（孩子，千万别冒出这样的念头。且不论师道尊严，就算对一个普通人，你也不能两句话不投，就动用武力。读书使人明智，你读了这么多年的书，难道全白费了？这与野蛮人有何区别？）。你又补充道，你们全班同学都讨厌他。

好吧，我就暂且这么认为着吧，你的这个数学老师很讨嫌，他的人品很差。可是，他跟你，跟你们有仇吗？他为什么要恨你？他的目的是什么？他是想把你打倒了，他好平步青云呢，还是多拿工资呢？

我不否认，的确有老师人品不咋的。这不奇怪，人有百态，这么大的教师队伍里，出现一两个或数几个道德败坏的，也是有的。但我从你的叙述里，却梳理不出你的数学老师，他到底道德败坏在哪里。

你说他讲考试的题目，从来不让你们有思考的时间。偶尔有，也不当场提问。——宝贝，这涉及的是老师的讲课风格，与他做人的好坏，有关系吗？你们完全可以私下找老师协商，让老师以后再讲题目时，适当放慢速度。我想，老师肯定会欣然接受你们的建议的。你们能主动这么提出来，老师高兴还来不及，焉有责怪的道理？可是你，还有你们，采取的是消极对抗。老师他委屈呀，他莫名其妙呀，他不知道你们葫芦里卖的什么药啊。嗯，换位思考一下宋真真，假如你是老师，你的学生什么解释也没有，就这么对你，你会做何感想？

你说他讲公式定理定律，也不给时间让你们去背，迅速地讲过了就算了，你们背不起来他还骂。你说难道我们是神人是天才？——宝贝，你们当然不是神人、天才。我想，你的老师也没把你们当做神人和天才。一堂课只有四十五分钟，老师若讲慢了，教学进度就跟不上去了。有时，好多知识的消化，是留在课后的。当然，老师是有不对，他急躁了，急于求成了，没有给时间你们反刍。这个，你们可以私下找老师协商的呀。

你说他布置作业多，虽说这些作业有用，都是针对考试的，可每次，没有三个小时是做不完的。你们非常反感，因为，你们不是单是学数学这一门学科，还有其他功课要做。——是的是的，我儿子念高中那会儿，也曾为作业多纠结不已。做学生苦，苦在每天都有做不完的作业。但，这与老师的人品也没关系啊，只能说明这个老师，他真的一心一意想搞好他的教学，恨不得一口把你们喂成一个大胖子。

你说他和班上同学屡次发生冲突，与其他任课老师之间，也是矛盾不断。你说他还打小报告，说你们语文老师拖课，影响了他上课。你说你们才刚刚下课，他就风一样飘来了，也不让你们有喘息的机会。你说他就是个魔头。——哎哎，宋真真，我真要替你的数学老师痛哭了！与你们发生冲突是因为什么？还不是因为你们没交作业没做对题目，或是上课没认真听讲？无非是这些。是不是要老师放手不管才是对你们好？不好意思，梅子老师也相当崇尚古人的教育方法："严是爱，松是害，不管不教育就变坏。"对熊孩子，就得管！至于他与其他老师的小矛盾，那是成人的相处，与尔等有何关系呀？至于你们一下课，他就风一样飘来了，这让你们恨恨的，——哦，我真替他不值呢，吃饱了撑着啊？他就不会待在办公室里，泡杯茶慢慢喝啊，等上课铃敲完了再去。

宋真真，你有没有觉得你的数学老师很可怜？他害怕浪费掉你们一点一滴的时间，所以，把原本属于他的时间，也赠给了你们。他把自己的缝隙，都给填满了。做他，真真是累。你也许会说，他自找的，谁要他这么做啊！好吧，就算他喜欢自虐，那你们难道就可以连最起码的理解和尊重都没有了么？宝贝，找你们的老师好好聊聊吧，他不是个坏人，他充满善意。而你，和你们，也都本着向更好的方向发展的，只要敞开心扉，双方寻找到一致，完全可以有个良好的结局。

我等着你的好消息！

# 好脾气是有底线的

凌夏，看完你的信，真替你憋屈得慌。我猜你该有二十多岁了吧？二十多年里，你愣是没活出个人样来。

你说你父母都是老实人。或许正因他们的老实，才养育出过分“老实”的你。小时，一帮孩子玩，你永远是被当马骑的那一个。中学时，教室里的卫生，几乎被你一人承包了。你当仁不让成了劳动委员，结果，你很多的学习时间被侵占了，你甚至要帮你的同学洗衣晒被子。大学里，你的同学拿你的床单擦皮鞋，被你发现了，他却没事人似的，说了句，啊，你把床单拿去洗洗得了。你竟真的把床单拿去洗了，你没敢因这事跟你同学生一点儿气。

你说，从小到大，别人都夸你好脾气。你在这“好脾气”的表象下，一再接受不公正对待，你私人的空间，谁都可以自由来去。你拥有的东西，谁都可以任意拿取。谁都可以支使你奔东跑西。谁都可以冲你发脾气，或是视你为空气。你只一味好脾气地笑着，不怒不争。然而内心却很受伤。

你让我想起小时在乡下，一个叫吴二的人来。别人笑话他，欺负他，他从不知反抗，只是好脾气地笑着。有一次，一群人拿他寻开心，先是叫他学狗叫，他叫了。后又把他按到地上，剥光他的衣服。他嘴里说着，别这样，别这样。却没人听他的，大家哄笑着，一团开心。后来，人群散去，他自己穿好衣裳，有人叫他，吴二，你过来。他便又跑过去了。我们小孩子都替他气恼，他长得那么壮实，怎么就任人欺负呢！我拿这话去问我的祖母，我的祖母摇摇头，叹息一声，他骨头轻。

从前我不懂这“骨头轻”是什么意思，后来我渐渐明白了，一个人若不自怜自爱，不懂得适当的拒绝，不懂得维护自己，就会活得不硬朗，那一身的骨头，自然就轻了。

是，凌夏，我们都要做善良人。这个世界，是因善良才美好起来的。但善良不等于懦弱。不伤人，不害人，在能助人的时候，施以援助，对他人有爱心和怜悯心，这是与人为善。但不要忘了，善良还有另一面，那是与己为善。我们只有懂得保护自己，不自伤，也不允许他人来伤害，也才能活得有尊严有骨气。一个人存活在这个世上，首先要活出个人样来，也才有能力对他人善良，对这个世界善良。

俗语说，马善被人骑，人善被人欺。柿子专拣软的捏。——这些话虽偏激了些，但不无道理。你得相信老百姓的生活经验，那是经过无数岁月千锤百炼的。善良过头了，就成了软弱和懦弱。大到一个国家，小到一个人，如果过分的“善”和“软”，其结局，只能沦为他人的笑料、附庸和奴仆。

当一个人的脾气好得没了脾气，没了是非曲直，没了好坏之分，没了任何棱角，像一团面粉似的，任谁都可以肆无忌惮捏来捏去，想叫你圆就圆，想叫你方就方，这个时候，你就该反省了。因为，你那不叫善良，你那叫自轻自贱。或换个词来说吧，叫卑贱。一个处处把自己往“卑贱”里带的人，他首先丢失的，是他作为一个人的独立人格。他从内到外，都活得相当不自我。兔子急了还咬人呢，何况，人？好脾气是有底线的，那就是，不要触及到做人的尊严。当你活得没有了尊严，又指望谁会尊重你？

凌夏，适当学会拒绝吧，学会说“不”。你不从属于任何人，无需仰仗别人的鼻息而活，当强则强，当刚则刚。我很欣赏一种处世态度：不卑不亢。与人为善的同时，也要与己为善。不损自己的人格，也不去触及他人的尊严。一切都当如春风化雨，丝丝缕缕，带着它自有的温情。

# 你所有的今天，都在为你的明天买单

芰荷，你好。

你说大学的生活嘈杂而颓废，你问我如何才能在这样的环境中，维持着一颗温暖而微笑的心灵。

你有这一问，我很替你高兴。说明你还不曾变成个糊涂鬼，还没有自甘堕落于嘈杂和颓废之中。

人生最金华的一段，就是你们现在正拥有的这一段。要青春有青春，要时间有时间，要自由有自由。尚无责任义务在肩，又少国事家事烦忧，且不担心无屋檐可避风雨。天地那么广阔，你们尽可以撒开脚丫，潇洒走一回。

然你们却碌碌的，不知往何处奔。不是把自己虚掷在游戏里，晨昏颠倒，任时光蹉跎，就是浑浑噩噩，飘飘忽忽如梦中人。殊不知，青春也就这么短短几年，过去也就过去了。前路上等着你们的，却有各种埋伏，需要用你们的才智和技能，去一一化解。然你们却两手空空，无以应对，只哀叹人世不公，没有你们的立足之地，却丝毫也想不到，那是你们青春埋下的因，才有了那会儿的果。你现在种下什么，你将来就会得到什么。

我至今都很感激我的大学生活，我的一生中，再没有比那段时光更饱满的了。那时家贫，尚无多余的钱买书，大学里一下子提供了那么多免费的书读，简直乐坏了我。我心无旁骛的，一头没进书的海洋中，哪里还有闲情去理会其他？我恨不得一分钟要掰成十分来使，每日里，除了吃饭睡觉上课，其余的时间，我都在阅读中。有时还手抄，抄了《诗经》抄《楚辞》。大量的古今中外名著，我都是在那个时候读下来的。每每读到阅览室的人都走光了，要熄灯关门了，那个高而黑瘦的管理员，伸着修长的手指，在我面前的桌子上敲上几敲，我才恍然惊觉，抱歉地冲他笑笑，放下书，恋恋不舍离开阅览室。摸黑下楼梯，再穿过长长的过道，走上一条林荫小径，往宿舍去。仰头，透过树隙，看着天上的星星在闪烁，心里面很快乐。

一到周末，我的同学结伴着出去游玩，我往往是独自一人，手执一本书，去往近郊的农田边上。我在那里，一边读书，一边看田里的农作物，那些庄稼，都有着亲切的味道。麦子，或是蚕豆，或是一地的油菜花，它们生长成我故土的样子，又朴素又单纯。我的心，被大自然过滤得很干净，哪里还有嘈杂和颓废？

因那两年近乎疯狂的阅读，我的胸中，装下了不少诗词歌赋锦绣文章，也就有了底气，拿起笔来写作，一步一步地，走成了今天的我，发表出版已有几百万字。我不敢说我有多成功，但我可以骄傲地说，我最好的年华，没有虚度。

亲爱的芰荷，你所有的今天，都在为你的明天买单。所以，你不能再为自己找借口了，把自己的没出息、不思进取、得过且过、随波逐流全赖在环境上。纵使在石缝里，也会蹦出明媚的花朵。纵使杳无人迹的荒山野岭，也有树木自我蓬勃，直指蓝天。当你自修了铜墙铁壁，那些芜杂就都进不来了，你将拥有你的火把，你的明亮。

# 再谈读书

R，你又跑来问我，为什么要读书。让我不得不正式思考一回，是啊，我们为什么要读书呢？

现成的答案一抓一大把：读书会使我们变得有气质；读书是最好的化妆品；读书会让我们遇见更好的自己；读书改变我们的命运；读书会让我们站得更高看得更远；读书会使我们的人生变得有厚度；书籍是人类进步的阶梯……

没错，这些都是真理。然你并不满意这些“标准答案”，你追着我问，为什么你身边那些“成功人士”，都是不读书的，或读书很少的人呢？他们搞房地产，他们开公司，他们说话一点儿艺术也没有，粗俗不堪，却拥有资产过亿。

我瞟一眼窗外的天空，今天又有霾了，蓝天白云被挡在了霾之外。我突然产生联想，我们居住的环境一天比一天糟糕，与你说的这些“成功人士”，怕是脱不了干系呢。越是不读书，或读书甚少的人，越容易利欲熏心，在既得利益跟前，他们很轻易就把做人最起码的良心给丢了，平去良田造工厂，毁去绿化盖高楼。于是乎，到处都是大烟囱，到处都是高楼大厦，想呼吸一口洁净的空气也难。

R，我们为什么要读书？是为了做个讲道义有良心的人啊。做事有分寸，行为有光明，善良、温柔、怜悯，不以一己之利去伤害他人，伤害这个世界。

我还漫想到一些别的。远古时期，尚没有文字，据说那时的人们是靠结绳记事的。这有点类似于我们小时走亲戚，路远，怕记不住归程，就在途经的一些树上，或是房屋的墙上，做上记号。用刀刻下痕迹，或用茅草在其上挽个结，或在树枝上绑上一朵野花。归时，顺着这些记号，也就能一路到家了。

然后有了岩画。然后有了甲骨文。甲骨文是在龟壳或兽骨上刻字，每完成一笔一画，都极费时费力。“写”完一整个龟壳或兽骨，算得上一项很大的工程了。然先民们还是乐此不疲地“写”着，是因为，需要。他们需要用它记载王室占卜之事，需要用它表情达意。

我猜想，最初文字的诞生，怕是哪个多情人，为了表达心中如浪花一般的情感，而随手刻下的印迹。他坐在草地上，或一块石头上，捡着一块兽骨了，就开始一笔一画，刻

下他心里的欢喜。他要送给那一个，这是示爱的，是最早的情书。他知道，说得再动听的话，也终如一阵风吹过，很快就会没了影了。然刻下来的“字”，却永远风化不掉，什么时候抚上去，都自有它的温度。

R，我们为什么要读书？是为了更好地表情达意啊，更好地与这个世界沟通。千百年来，多少繁华追逐终如梦去，唯文字屹立不倒。“彼采艾兮，一日不见，如三岁兮”，这田间地头的歌谣，被记录下来，打动了多少人啊。当我们看到桂花开了，很容易就会念起“一枝淡贮书窗下，人与花心各自香”。当我们看到梅花开了，我们又会想到“疏影横斜水清浅，暗香浮动月黄昏”，或“寻常一样窗前月，才有梅花便不同”，我们沉浸在那种意境里，玲珑剔透，精神愉悦。

R，我们为什么要读书？是为了使我们精神愉悦啊。精神的愉悦，远超过别的。

六月，我去了新疆一趟，在夏特古道，住在上了年纪的木房子里。那里远离喧闹，人烟稀少，我踩着泥泞，一步一步，往雪山走去，想着那远古僧人的脚步，是怎样一步一步丈量过去。又马蹄声声，花开过一夏又一夏，雪落过一季又一季。伸手之处，似乎都能触摸到远古气息，一颗心，早就被感动得不知要往哪儿搁了。我身边几个人只走了一点点路，已抱怨不已，说，这地方有什么看头？路难走死了，还冷，就开了几朵破花。他们跟导游吵嚷着，要住到城里面去。我当时真替他们难为情了，他们看似活得很体面，珠光宝气，脑子却空空如也。心必也是空空如也的吧，仅剩一副空皮囊而已。

R，我们为什么要读书？是为了懂欣赏，懂敬重。是为了使自己心灵丰盈。是为了能在那些小草和细花之中，发现生命存在和延续之美。

陶渊明有“闲静少言，不慕荣利”，我也很喜欢。R，我们为什么要读书？是为了做一个精神高贵的人啊。

# 珍惜在一起的缘分

梅子老师，您好！我是您千万读者中小小的一个。读您的书《暖爱》，记忆最深刻的一篇就是《粉红色的信笺》。因为它让我很惊讶，一位学生写了一个与学习无关的东西，老师竟然没有把她拉到办公室，或是叫家长来。我当时很羡慕文中女孩有这样好的老师。我想问您一个问题：到底老师是否能打骂体罚学生。请您站在老师的角度回答我。谢谢！

——乖宝宝小瑞瑞

小瑞瑞，你问了个时下相当敏感的问题。

你大概是受了老师的气了，或是，看到老师责罚别的同学了。且让我先替你的老师捏一把汗，他也忒大胆了，他不知道现在的孩子都是瓷娃娃么，万一碰坏了，他可怎么办？那是万劫不复的。

老师打骂体罚学生到底对不对呢？你急于想要一个答案。其实，你心里清楚着这个答案是什么的。不同的声音，针对这同一问题，答案会惊人的一致：不对！不对！不对！

是啊，老师怎么可以打骂体罚学生呢！这是师德败坏！这是丧心病狂！我们每个人都可以一跃成为道德的审判者，站在道德的制高点，举着师德那把利剑，对着老师狂砍下来。也不管这个老师原是出于一片好心，也不管这个老师在教学上曾不知做过多少贡献。

小瑞瑞，你让我站在老师的角度上回答你，到底老师是否能打骂学生。我当然要说，不能。我相当反感动不动就通知家长的老师。我相当反感为了树立威严，整天板着脸训人的老师。我相当反感没有耐心唯他是尊的老师。我相当反感不懂得倾听和沟通的老师。可是，作为学生的你们，是不是也有很多的不足呢？你得承认，你们中间，的确有些不上路数的“熊孩子”存在。他一再违背学校教学常规，一再的惹是生非，老师一时情急，惩罚了他，只是让他长点记性，守点规矩。你说这样的惩罚是对还是错呢？

记得我在念初中时，班主任是个代课老师，性子极慢，说话像温开水，学生们都不拿他当回事。一开始在课上，学生们也还只是小打小闹着。看他无甚反应，最后竟导致课堂成了戏台子，根本上不下去课。迟到的，早退的，旷课的，屡屡发生。那老师多半也只叹一声，你们怎么能这样。可孩子们懂什么呢？老师越这样懦弱怕事，反倒越觉得自己了不得，越发大起胆来，恨不得上房揭瓦，我不得不转学去别的地方念书。我的那帮同学，后来有四人因结伙盗窃，被开除学籍，最后考上高中的寥寥无几。

一些年后，我曾偶遇当年同学中的一个，她进城看病。因在地里劳作，被蛇咬了，起初大意了，结果，半条胳膊肿了起来。她生活颇不如意，很后悔当初没好好读书，若是好好读书了，也不至于落到现在这个状况。临了她说，那时我们懂什么啊，就差个人管管我们，要是换个严厉些的老师，结局肯定不是这样的。

当一个老师始终温和有加，你们哪怕闹翻了天，他也一副菩萨模样，你说这对你们好吗？是的，你们是自由了，是不受约束了，想干吗干吗了，可你们这样的自由，是要为将来的不自由买单的。你们在学校里，可以不遵守学校规则，可以不守着学生本分，但到了社会上，没有人再容许你们这么散漫和撒野了。且你们一肚子空空如也，拿什么去安身立命？

我很欣赏过去的教育，那是真正的师道尊严。学生进门，是要给老师行拜师礼的。每个老师都有一把戒尺，用以惩戒不听话的不好好读书的孩子。严师出高徒，说得一点没错。所以，过去的年代，才会人才辈出，涌现出那么多的大家名家。

我们现在的教育，差的，恰恰就是一把“戒尺”。不否认有个别师德败坏的老师，但，我可以肯定地说，百分之九十九的老师，都一心巴望自己所教学生，能青出于蓝而胜于蓝的，都期望孩子们学有所成。他们真正是披肝沥胆，没日没夜，一心扑在教育上。他们的苦心，又有多少人能理解？是，人们唱着赞歌，说老师是太阳底下最光辉的职业。是蜡烛。是阶梯。是春蚕。然真正的理解和尊重又在哪里？学生们会因他们严厉地督促学习，而屡屡生出怨意恨意，家长们会因他们言行的某些不到之处，而勃然大怒，讨伐阵阵。小瑞瑞，抱歉了，梅子老师有些小激动了，似乎把主题给说偏了。我不是在为老师们辩护，只是想陈述这样一个事实，因一个或几个老师的行为有失师德，就否定一个群体，继而对老师加以约束种种，设置各种各样的雷区，缚起他们的手脚，这对整个教育，有百害而无一利。你们，及你们后来的孩子，都将受到巨大的伤害。当没有人再把教师这种职业，当做崇高和理想的职业时，于国家于民族来说，都将是一种深切的悲哀。

多多理解你的老师吧小瑞瑞。如果老师确实言行过激了，你可以和同学们一起，私下里找老师聊聊。老师也许好于面子，嘴上不承认他错了，但他会在今后的行为中注意更改的。你们和老师，都是本着朝好的方向发展，目标一致了，矛盾也就化解了，不是吗？佛家说，千年修得同船渡，百年修得共枕眠。而老师和你们，相遇在同一个屋檐下，一个为师，一个为生，又是多少年修得的缘分呢？珍惜这种在一起的缘分，彼此尊重，彼此信任。他年回望，这一段青春岁月，没有白白度过。

*NO.5*

# 恋的忧伤，爱的唯美

这恋的忧伤，爱的唯美，它有着露珠一般的清纯，月光一般的朦胧，花开一般的疼痛。

# 如果你是花，你就要酿造一身的芳香

这封信，我想写给你，及你们，一群年轻的女孩子们。

真的好羡慕你们，有着那么年轻光洁的额。还有着对爱情充满憧憬，如水晶般闪闪发光的眼睛。

你问我，什么是爱情？接着又追问道，爱情可以等来吗？

你的神情庄重而认真。似乎在你面前，正横亘着一条鸿沟，你茫然着，不知怎么办才好。

我轻轻笑了。亲爱的，在我最年轻最年轻的时候，也曾这么问过。那时我的眼里，爱情就如同一只小兽，温柔着，又狰狞着。我想接近它，又害怕它，百般纠结辗转反侧。但终究，它温柔的一笑，我就彻底沦陷，全然不管不顾地奔了去。就像《诗经》里的那个男青年，偶遇一个采荇菜的姑娘，姑娘温柔的一个采荇菜的动作，就让他丢了魂，从此害起了相思病。

元代赵孟頫的妻子管道升，曾写过一首《我侬词》：

你侬我侬，忒煞情多；情多处，热如火：把一块泥，捻一个你，塑一个我。将咱两个一起打破，用水调和；再捻一个你，再塑一个我。我泥中有你，你泥中有我：我与你生同一个衾，死同一个椁。

爱情是什么？爱情就是“我泥中有你，你泥中有我”啊！是非你不可，非他莫属。是地老天荒海枯石烂。

是人群中遇见的刹那，眼对上眼了，心对上心了。是弱水三千，他只取一瓢饮，而你，刚好就是他的那一瓢。是不早不晚，偏偏遇见了，刚好你在，刚好他在。是相府千金卓文君，遇见穷小子司马相如，他于琴弦之上，只轻轻地一捻一拨，她的心，就做不了自己的主了。是祝英台之于梁山伯，三年同窗伴读，爱的种子，顺理成章的，葳蕤成藤蔓，枝枝叶叶，都是割舍不下的情分。谁知道爱情藏在哪一个音符里、哪一扇窗台下呢？就像你永远不知道一滴雨，会藏在哪一朵云的后面。但是，属于你的那一滴，迟早会降落到你的头上。

有个关于爱情的传说很有意思，也许你听过，不妨再听我讲一遍。天堂里，一对相爱的男女天使，因为触犯了天规，被盛怒的天帝贬到人间。在贬到人间之前，天帝各削去他们一只翅膀，男的是左翼，女的是右翼。天帝说，只有当他们在滚滚红尘中，找到彼此，合成一对翅膀，他们才能重返天堂。所以，世间男女，从一出生起，就注定走在寻找另一只翅膀的路上。亲爱的，你也不例外。

是的，我们每个人，都有着拥有一份美好爱情的可能。然这不等于说，我们就可以什么也不用做，只管坐等着爱情来敲门，然后尽情享用爱情鲜美的果实。不，不，不是这样的。那样的“等”，等不来真正的爱情。因为，你已沦为庸常，成为万千尘埃中的一粒，与别的尘埃并无区别，你的天使，他没有办法找到你。

当爱情出发了，亲爱的，你也要出发，这样，你们才有可能在半路上相逢。

我说的这个“出发”，是要对自身进行修炼和提升。如果你喜欢读书，不妨多读点书吧，腹有诗书气自华。如果你喜欢画画，那就多画几笔吧，或许能画出一番小天地也未可知。如果你喜欢旅游，那就多走几个地方，用笔记录下那些美好的风景和心情。人生在世，你一定要有一两样兴趣爱好，并且持之以恒地爱它，这样，你的人生才不至于过于单调。你也要带着欢喜心去生活，少抱怨，多热爱。爱自然，爱花草，爱这世间一切可爱之物。你要学会温柔地微笑，对身边的拥有，不麻木，不漠视。亦不慢怠自己，化个淡妆，穿件美衣，把自己收拾得清爽整洁。不时给自己做点好吃的，犒劳自己。也时常能送自己一份小礼物。一个人的日子，你也要把它过得有滋有味。

这样的你，走在人群里，自会散发出光芒。爱情的天使，他会在万万千千个人中，一眼就认出你来，而不会错失。

如果你是花，你就要酿造一身的芳香，好引来属于你的那只蝴蝶。

# 爱有永恒

Y，在给你写这封信的时候，我想起了一部片子，片名叫《爱有来生》。

你看过吗？如果没有，我强烈推荐你看一下。银杏树下，阿明的一缕魂魄，守着与阿九的前世约定，错过了转世为人的大好机会。这一守，就是五十年，直到他与阿九再度重逢。其时，阿九早已转世投胎为人，且生活安定幸福。然那个叫爱的东西，一直住在他们的心里面。

这部片子我看了不下十遍，每回看，都忍不住落泪。我感动于那种刻骨之爱，阴阳相隔，她不记得他了，却很自然地说出他们约定的那句话，茶凉了，我给你再续上吧。我信，每个今生的爱人，都是来续他前世的缘的。

Y，你却斩钉截铁地告诉我，你不相信爱情，你更不相信爱有永恒。

我几乎看到你的咬牙切齿。就像两个小孩子吵架，彼此互相发着狠，从此，我再不要跟你好了，再不要理你了，谁跟你好谁就是小狗变的！然，只一个转身，他们便又玩到一起，全然忘了发下的誓言。

Y，我信，你也是如此。你不是不相信爱情，只是尚未遇到更好的爱情。也许你在爱里面受过一点儿伤，留下了一些小疤痕，可不能因此而否定爱的美好。谁的情路会是一帆风顺的呢？总要经历一些磨难，方能修得功德圆满。就像初次尝试下水的人，难免会呛上几口水，他若从此怕了水，怕是一辈子也很难学会游泳。

我不否认，现实里，的确有人遇人不淑，被爱辜负了。但那不是爱的错，又怎么能把一腔的怨气，都洒在爱的身上？就像你吃饭被饭噎着了，你不能因此就怪饭的不好。你走路被石头绊着了，你也不能抱怨是因路的不平。你当该记取教训，下次再吃饭时，做到慢一点儿，细嚼慢咽。把吃饭当做享受，不但有利于消化，还能慢慢品尝出饭的好滋味。走路时，你也不要急着走，尽量放慢脚步，眼睛时不时地看看脚下，顺带欣赏一下沿途的风景。那么，走路也会成为一场愉悦。

换到爱情上来讲，也是一样。被爱伤过，就像不小心被蜂蜇着了，过些日子也就消肿了。有必要念念于那只伤你的蜂么？你要做的仅仅是，学会辨别而已。在真爱到来之前，不要再轻易地急着去爱。

**Y**，我相信爱情，相信爱有永恒。一些流传下来的经典故事，咱就不消说了，如祝英台与梁山伯，如《孔雀东南飞》里的刘兰芝和焦仲卿。我就跟你讲一个当下发生的真实的故事吧。

一个年轻的女孩，患上脑瘤了，恶性，最严重的那一种。医生宣判她将不久于人世。女孩躺在医院里，疼痛难眠，这个时候，她急于找人倾诉。她随手拿起手机，在微信的摇一摇里，摇了那么一摇，她“摇”到了一个男孩子。男孩子长得很帅气，是女孩子喜欢的类型。他们自此相识了。

一天，两天，三天……他们由陌生，成熟识。男孩子跑来医院探望女孩，他被女孩子那种面对死亡的乐观，深深打动了，他们成了无话不谈的好朋友。在他们相识一个月后，男孩子在女孩子毫不知情的情况下，做了个惊人的举动。他拿着个电喇叭，跑到医院楼下，当着来来往往行人的面，向女孩子发表了求婚告白。

他们的爱情，受到来自男孩家庭的阻挠。男孩没有屈服，他偷偷和女孩去民政局登记结婚了。他们成了幸福的一对。婚后，女孩度过了医生宣判的“死亡期”，多活了一年，两年，三年。在她又一次要走进手术室时，女孩子亦做了个惊人的举动，她瞒着男孩，为男孩公开征集女朋友。女孩很清楚地知道，她的这次手术，风险系数相当高，成功率只有百分之二十，她怕她在手术台上万一下不来了，留下男孩一个人孤单。她放心不下他，她要替他物色一个懂事的温柔的好姑娘，替她照顾他。而这个时候的男孩，正在四处卖他的房子。因女孩子的手术费高达二十万，男孩子就算倾家荡产，也要为心爱的女孩赢得一线希望。

Y，这就是爱情。你若问男孩，爱她什么。他会答，爱她全部。你若问女孩，爱他什么。她亦会答，所有的所有的。你说永恒是指什么呢？它有时不是用时间的长短来衡量的，而是指它的宽度。也许一夕相守，就成永恒。

纵使男孩后来另有所爱，然他与她的爱情，已然成为永恒。

## 不将就，不妥协

墨墨，此刻，我的窗外是盛夏，蝉鸣声排山倒海。这小小的虫子，总叫我惊诧，它们似乎有着使不完的力气，早也在叫，晚也在叫，有股执着的劲头在里面。然它们的好年华，不过只一个夏天。它们在地底下蛰伏三五载，甚至更多时光，为的就是这一夏的欢唱。我想到生命的意义，这个颇有些高深的命题了。生命的意义是什么？我以为，是不将就，不妥协，努力活出自己想要的样子。

墨墨，你说你都二十五了。你说这话的语气，像八十岁。我忍不住要笑，笑你的故作苍老。前几天，我去公园看荷，碰到两个老人，他们大概好久不曾见到，彼此遇见了，热络得不得了，手拉着手，站到树荫下聊开了。聊着聊着，一个问，您今年多大啦？另一个回，我小呢，才七十二的。

问的那个，居然点头称是，说，是哩是哩，我们都还小呢，我七十五。

知道吗墨墨，我在一旁听得肃然起敬。这两个老人豁达得多么可爱！他们有一颗不老的心，照得这个世界很年轻。人老的，原不是年龄，而是心。可现在的很多年轻人，却偏喜欢往老了奔，人不老，心倒老了。真是费解！

你说你现在很纠结，家里人成天催着你成亲。男方是打小就认识的，双方家长都满意，认为你们是天造地设的一对。然你并不爱他。你说他是那种冷漠型的，不会照顾人，你从来感觉不到他的爱。你们两个的话题，也很少能谈到一块儿去。可是，年龄搁在这儿，你想等一份真爱，但怕等不起。你问我你该怎么办，要不要与他继续相处下去。

墨墨，你不过才二十五，你已很着急了。看看我身边，如你一样着急的女孩子，还真不少，她们怕变成剩女，怕好男人都被别人劫持了去。也就将就着谈一场不咸不淡的恋爱，家里人说好，也便是好，最后不情不愿无可奈何地走进婚姻里。

如果把结婚，当做一项任务来完成，这样的婚姻，我还真不大看好。婚前就有着诸多的不情愿，婚后又如何来修补内心的不平衡？当然，也不乏幸福美满的例子，婚前双方并不曾爱过，然婚后，因天长日久的耳鬓厮磨，彼此的情感日益渗透，成了不离不弃。过去老式的婚姻，都是这般。

只是，我们不再是老式的人了，女人也不再是三从四德那一套了。她的天地不再局限于一室之内，她的眼界很宽，单单精神层面上，就远比从前的女人要丰富得多。当她心里生出不满和怨气时，婚姻的裂痕，也就渐渐出现，乃至不断增大，直至破裂。

墨墨，我想，你应该认认真真地梳理一下你的情感，你想要的那一个，到底是什么样的。他与你想要的标准，到底差多少。若他本身并无恶习，也算是个良善之人，你不妨再给他一次机会，也给你一次机会，试着再跟他相处相处。但你一定要开诚布公地告诉他你的感受。如果他爱你，我想，他会努力做出一些改变的。当然，你也要努力去寻找你们之间的契合点。爱情的抵达，是有一段路途的，只有双方都能向着对方奔跑，才有可能拥有它。

倘若他对你的感受不屑一顾，依然故我。那么，亲爱的墨墨，我只能对你呵呵了。如果是我，我将选择不将就，不妥协，耐心地等着真爱降临。等待爱情不过几年的工夫，婚姻却是一辈子的。拿一辈子的幸福，去赌，说实话，我没这个勇气。

# 早恋是青荷上的露

二房东家的甜甜圈，——嗬，你这名字真够有意思的。想来是个爱吃甜甜圈的小姑娘吧？爱吃甜食的女孩子，大多都心地善良，率真可爱。

你问我如何看待早恋。你说你妈整天跟防贼一样的防着你早恋。她偷偷翻看你的日记。偷听你跟同学通电话。偷偷翻你的聊天记录。还偷偷跟踪你。把自己整得像个间谍，真叫你受不了。你说你倒真的想尝试一下早恋了。

啊，别，千万别。甜甜圈，你这样的“尝试”，是带着报复性的，有着怨气和恨意，一点儿也不美好。早恋是青荷上的露呢，那是万籁俱静后，它在不知不觉中降落下的，晶莹纯美，容不得半点儿亵渎和不敬。

我也曾路过你的年纪，衣衫上袭上过青春花开的甜香。

那时，我们班有个吴姓女生，喜欢上一个杨姓男生。喜欢上的原因很简单，那杨姓男生有着一头浓密的天然的卷发，吴姓女生说，像她一个童年的小伙伴。吴姓女生跟我关系最要好，我还替他们偷偷传递过纸条呢。那纸条上说的也无非是些孩子气的话，比方说，你看某老师今天那头发梳的，还三七开呢。你看某同学，今天还打了领带呀。你今天早上明明看见我了，怎么假装不理呀。我不喜欢听英语老头子的课，看见他，真烦。如此等等。他们偶尔也闹点小别扭，杨姓同学就去买了糖果，着我给吴姓同学送去。他们很快会和好，然后叫上我，一起去郊外逛逛，看看田野，看看庄稼，也就心满意足地回来了。他们做得最多的是，你帮我抄笔记，我帮你补讲义。你英语不好，我帮你补。我数学不行，你给我讲题。他们成绩上升得令老师们惊奇。他们相约着，一定要一同考上某所大学。最后，果真如愿。经年之后，他们并没有走到一起，而是各自重新选择了所爱之人。但我相信，那段青春的美好，将永存在他们的记忆之中。

甜甜圈，“哪个少女不怀春，哪个少男不钟情”，少年之间的恋情，纯洁得如同一阵微风，吹过花蕊。你妈的紧张，那是缘于她过于爱你，怕你受到伤害。你不要因此存了怨气，生出逆反的心，啊，你不让我干的，我偏要干！傻孩子，你若真那样做，无非是想让你妈后悔和伤心。让你妈后悔和伤心了，你就变得开心了吗？——当然不会。那你又何苦要对着干呢？说不定还因你的负气，做出了令你一生后悔的事，到时候，你再想回头，已不能够了。好孩子，听梅子老师的话，不要意气用事。好好跟你妈谈一谈，告诉她你目前尚未早恋呢，告诉她你的感受。请她相信你，给予你一定私密的空间。

倘使有一天，“早恋”也如一颗青荷上的露，悄悄降临到你的世界里。那我要恭喜你啊甜甜圈，你长大了呢。你莫要慌张，亦不要害怕，一切顺其自然吧，你只要做到用心相待，真心珍惜和呵护，就可以了。切记，爱是一件有尊严的事，不要做伤害自己，伤害他人的事。又，美好的爱，是激励着双方积极向上，向着更好的方向发展的，而不是堕落下去，沦为庸常。

# 爱不是一件卑贱的事

月光羽毛，你这个名字好诗意啊。

你是偏爱月色的吧？我也是。我老觉得天上的月亮，是谁种下的一株植物，它发芽，它抽枝长叶，它开花。弦月赏得，满月也赏得。只要有月，这天空大地，无一时不是美的。

在月下，我很容易想起《诗经》里的那个青年。又大又圆的月亮出来了，他那厢在念叨：“月出皎兮，佼人僚兮。舒窈纠兮，劳心悄兮！”念得月光的羽毛到处在飞。因那一捧月色，连相思，也变得美妙。

读你的信，我仿佛看到那样的月亮。月下的花蕊，被露打湿，柔弱，又是细软的。那气息的青嫩和清纯，真是惹人爱怜啊。

你告诉我，你喜欢上一个男孩子，喜欢很久了。他脸上线条明朗，又好看又冷峻，你偶然的一瞥，从此，刻在心上。你制造着种种机会，与他相见。他喜欢打篮球，你积攒了好些日子的零花钱。还瞒着父母，去一家蛋糕店，打了一个星期短工，终于凑足了一千多块钱，给他买了一只上等的篮球。他轻微咳嗽两声，你一上午都心神不宁，好不容易等到下课，你午饭也没来得及吃，就赶紧跑去药店买感冒药，偷偷放他桌肚子里。

你也悄悄跟在他身后，跟他回家。在他家门口，装作偶然相遇的样子。只为听他奇怪地问一句，你怎么也在这里？下雨天，你把自己的伞塞给他，自己淋了一身的雨，也不自知。

好姑娘，我真为你的纯情感动，那是比月光还皎洁的情感啊。是一个人的青春里，最美的珍宝。

可是，你这么对他好，他并不领情。每每看见你，他都蹙紧眉头，一副很不耐烦的表情。你给他买的篮球，他拒绝接受。你给他买的感冒药，他扔进了垃圾桶。你把伞让给他，他居然，转手给了另一个男生。他们在雨里很大声地笑起来，笑得你的心，扑扑往下掉。你说，那是一地的落花。

你问我，是不是他嫌你丑？是不是他嫌你不够好？你说为了他，你已开始减肥了，晚饭都不吃了。你说为了他，你已经很努力了，天天捧着古典文学读。你说，等你成了才女，他是不是会喜欢你多一点。

傻姑娘，我真是心疼你。然我要告诉你，你这不是爱，你这是一厢情愿啊。他但凡有一点点喜欢你的迹象，也不舍得那样对你，——他不会拒受你的篮球，他不会扔了你买的感冒药，他不会舍得你淋雨。他不耐烦见到你，冷峻里，分明写着，他不喜欢你。纵使你为他再低下去，低下去，一直低到尘埃里，变成尘粒，他非但不会喜欢，还会看轻你。好姑娘，爱不是一件卑贱的事，而应该是开在高枝上的花朵，有阳光流云照辉，分外明丽。

你也许会说，不要紧，只要你爱他就行了。好吧，那么，你在自贱的路上，再走上一程也无妨。只是我想问问你，你到底喜欢他什么？除了外貌上线条明朗，又冷峻又好看外，你还知道他多少？你爱的，不过是你想象中的一个人。等你再长大一些，走到更大的天地去，你会发现，年少的这场爱恋，只是你自己跟自己在较着劲呢。你爱的，原来是青春里的那个你。

好了，好姑娘，从今后，你该吃要吃，该笑要笑，没事减什么肥呀！当然，古典文学还是要读读的，一个睿智的姑娘，是从内到外焕发出光彩的，这样的姑娘，总是讨人喜的。别急，你要的一场爱情，就在前头等着你。

# 请不要怀疑当初的誓言

半夜三更，你跑来对我哭诉他的变心，首如飞蓬。你说当初他苦苦追你时，信誓旦旦，许诺过一生一世。婚姻十年，你付出太多，你甘愿放弃一切，做着全职太太，为他洗手做羹汤，为他生儿育女。他现在事业有成了，拣着高枝飞，竟要抛下你这个糟糠之妻。

当初的誓言都是假的！假的！他就是个陈世美！你恨恨。

我看着你，委实吃惊。记忆中的你，粉衣白裙，款款走在三月的花树下。你念过不错的大学，弹得一手好古筝，还会画些小画，虽不是光芒万丈，但也是灿若明珠一颗。

而现在，你发胖的身体，随意套在一件家居服里。你满脸都是怨怼和愤恨，你已跌落尘埃，成了一颗玻璃珠。

你还弹古筝吗？我问。

你愣一愣，不解地看着我，啊一声，说，早就不弹那个了，手指都僵硬了。

哦。我为你可惜。

我想讲一个小故事给你听。

多年前，我还是个小姑娘的时候，特别馋柿子。

对，就是那种软软的红红的，西红柿一般大小的，普通得不能再普通的水果。现在的农民种植多了，坡上地里，成片的。秋天的时候，柿子多得挂树上无人问津，只一任它挂着，小红灯笼似的，成风景。

那时候却稀罕。我读书的小学边上，住一户人家，院子里长一棵很粗大的柿子树。十月的天，一树的柿子，黄澄澄的。那家人把柿子一只一只采下来，用洋石灰焐着。不消半天，那柿子就熟得红艳艳亮透透的。透过外面一层薄薄的皮，望见里面甜蜜的果肉在流淌。手上有零钱的孩子，下了课一路奔过去买。他们回教室时，吃得手上嘴上，都是红艳艳的汁液。我表面上装着不屑，心里却渴望得要死，眼睛的余光，扫到那红红的汁液，它的甜蜜，在我心里汇成小溪流，不息地流啊流啊。我以为，世上最好吃的东西，非柿子莫属。

后来，我终得闲钱一枚。午饭也顾不上吃了，我紧攥着那枚硬币，迫不及待就往有柿子树的那户人家跑。当时，那家人正围坐桌旁吃午饭，他们奇怪地看着我，问，你做什么呢？我手里举着那枚硬币，我不好意思说是买柿子的，只嗫嚅着，低头踢脚下的土。那家妇人看看我手里的钱，似乎明白了，她说，家里没柿子了。我一惊，抬头看她，她的神情，没有一丝说笑的意思。我的心，一下子掉进冰窟窿里，委屈得快要哭了。我杵在那里，走也不是，不走也不是。妇人看看我，忽然叹口气，起身去了里屋，出来时，手上已托着一只红彤彤的柿子了。“这是留给我家大丫吃的，就剩这最后一个了，算了，给你吧。”她接过我手里的钱。

我不记得是怎么把那只柿子吃下去的。我只记得，那日的天空，有着不一般的蓝。校门口的小河边，开满了黄黄白白的野菊花，好看得要命。我快乐得一下午都想唱歌。

多年后，成筐又大又红的柿子放我跟前，我连碰都不想碰了，我早已不喜吃它。

是我变心了吗？从前对它深刻的眷恋，都是假的吗？不，不，柿子还是从前的柿子，而我，早已走过万水千山，见识过太多比柿子更好吃的水果。我的味蕾，已变得很挑剔。

所以，亲爱的，请不要怀疑当初的誓言，每一段感情，原都是真的。只不过，时过境迁，他已走过十万八千里，而你，还站在原地。

# 你是富有的沙漠，却不是她生命中的绿洲

H先生你好，在读你的信时，我想起我曾即兴写过的一篇小随笔《女人靠哄》，我把它翻出来，或许可以解你疑惑一二：

金庸《鹿鼎记》中的“坏男人”韦小宝，几乎颠覆了所有好男人的自信，才华算什么，武功盖世又如何？都不及那个小混混的一根手指头儿。且看他，出身下贱——有个做妓女的娘，从小与良好的教育无缘，在下流社会中染得一身黑，文方面大字不识一个，武方面只会要要小拳头踢踢小腿，至多是个三脚猫。偏偏是他，一出江湖，就混了个惊天动地。偌大的皇宫，他也能玩转，八面玲珑，四面生风，连精明的康熙，都被他忽悠得一愣一愣的。男人们恨的不是这个，他们咬牙切齿的是，这样一个小阿飞，居然网尽天下美

女，不管是刁钻野蛮的建宁公主，还是脾气倔强的阿珂，甚至有夫之妇苏荃，都被他勾搭上手。七个女人，七朵娇艳的鲜花哪，眼睁睁插到他这堆牛粪上去了，让多少好男人捶胸顿足。他居然有本事把她们调理得温顺的猫儿似的，互相姐啊妹地称呼着，把他当红太阳一样，她们甘愿做向日葵。凭什么呀！

凭什么呢？女人爱金爱银不错，可更爱的是，男人的油嘴滑舌。俏皮话一掏一大把，真真假假，假假真真，愣是把女人哄得找不着北，——养心哪！且听听韦小宝的爱情誓言："我和你海誓山盟、海枯石烂、海公公他娘！"逗吧？逗，没个正经。可是女人就是爱听啊，乐不可支地听，喜笑颜开地听，感天动地地听。她们跟着他，每天的太阳都是新的，每天的鸟叫声都不一样，每天听到的情话，都是独家首创，这日子，多滋味！

打眼现实，最得女人缘的，也是韦小宝这类的男人。他们或许没多大真本事，可是他们会耍嘴皮子，他们会逗女人开心。跟着他，风景不断在刷新，你永远不会闷得慌。所以有富翁之妻，红杏出墙，找了个在歌厅跳舞的小白脸。甚至不惜抛家别子，死活要跟着他。在她，是为爱不顾一切。这爱是什么？不过他的甜言他的蜜语。

原来，女人可以离了金离了银，却不能离了甜言蜜语，那是滋养她们的氧气和水。

张爱玲《倾城之恋》中的范柳原，凭借他的油腔滑调勾上白流苏，起初都不当真，他是个自私的男人，她是个自私的女人。可感情这回事，是随着时间发酵的，后来一个城沦陷，成就了一段地老天荒，这是两个游戏感情的人都不曾想到的。

当书页最后合上，花也好月也圆了，“柳原现在从来不跟她闹着玩了，他把他的俏皮话省下来说给旁的女人听。那是值得庆幸的好现象，表示他完全把她当做自家人看待——名正言顺的妻，然而流苏还是有点怅惘。”——这一个“然而”，仿佛空谷一声绝响，真是让人寂寞惆怅得很哪！从此，尘埃落定，却也水波不兴了，不好玩了。

——H先生，不知你读到这里，是否有所悟。你说，你为一个女人付出很多，拼命攒钱，给她买房，买车，让她过上安稳的日子，可最终，她却选择离开你，跟着一个远远不如你的男人，远走高飞，过颠沛流离的日子去了。你难过伤心，不服，不解，你恨不得剖开她的心，看看她的心是咋长的。

H先生，毫无疑问的，你是个好男人，但遗憾的是，你却不是个会爱的男人。女人是物质的，更是感性的，她们更需要的，是情感的浇灌。就像一朵花，纵使你用再漂亮的花瓶装它，若没有水的滋润，它也很快就会枯萎。你一再的疏于表达，一再的口拙嘴懒，导致你们心灵的距离，越来越远。对她来说，你是富有的沙漠，却不是她生命中的绿洲。

## 要缺憾不要负疚

这封信，是写给你的，亲爱的兰兰。

我们是十多年的好朋友了。

深更半夜，你给我打来电话。你说你睡不着，你想他。语气幽幽的，仿佛密林深深处，一只等爱的狐狸。

十年的美满婚姻，你一直做着幸福的小女人，有疼爱你的老公，有可爱的儿子。有时我们几个朋友相聚，你说起你的小家来，总是眉飞色舞的，一副甜蜜陶醉的样子。真叫我们羡慕。

可是，有一天，你的安宁幸福，被打破了。你相遇到另一个男人，男人眼睛灼灼地盯着你说，你是他等了五百年未续的缘。

你愕然，慌张得不知所以。他却温情款款，跟你讲五百年前的故事：五百年前，他是玉皇大帝手下的一员大将，你呢，则是玉皇大帝的使女，你们相爱了。天庭却不容，贬你们下凡，给了你们五百年的磨难。

五百年呢，你忍心让我再错过你吗？男人的眼里，有明亮的东西在闪。闪得你的心里，一抽一抽地疼。

你说，我是有老公的。

他却说，兰兰，我不会伤害你，永远不会。我只想，隔着你的外衣，好好爱你。

你笑起来，笑得恍惚，你甚至有些相信那个根本不存在的传说。你们有了约会，一起坐在影院听越剧。一起穿过长长的甬道去，只为你要吃一碗牛肉粉丝煲。一起在月夜里，去城外看月亮，那里的月亮又大又圆，天空高远，神秘莫测。一起动手做下午茶，而后静静地看着对方，嘴边漾起开心的笑。他轻轻把手按到你手上，有电流迅速传过你全身，但他旋即拿去他的手，隐忍地说，亲爱的，我说过，我不会伤害你……他说，亲爱的，麻烦你检测一下，现在的空气里多出了什么因子。你说不知道。他说，笨笨的兰兰啊，知道吗，那是爱。

他是那么懂你，懂你的笑，懂你的泪，懂你的心。你说，从没有人，能像他一样，如此深入你的灵魂，让你魂牵梦萦。就像《廊桥遗梦》中弗朗西斯卡相遇罗伯特·金凯，弗朗西斯卡只听见自己的心在说：“我围绕着古老的塔楼……已绕行了几千年……终于，终于……他走了这么远、这么远来到这里。”

你的心里，跳起了舞。他的笑，他的话，他的好，让你有被燃烧的感觉。你确信，他是你五百年来，要等的人。然回到家，看到依然温良的老公，依然可爱的儿子，他们一如既往地围着你，笑容灿烂。一个完整的家，那么温馨和美好。你的心，开始哭泣。

你茫然地问我，我该怎么办？

我说，你舍得下你的家吗？

你说，当然舍不下，你知道的，我老公是个善良的人，我不想伤害他。再说，还有儿子，我也舍不得儿子。

我说，那很简单，你放手罢，放开他，放开你自己。

你不甘心，问，没有别的法子？

我说，没有。

你沉默地哭了。

一些日子后，我去看你，你告诉我，都结束了。你给阳台上一盆吊兰浇水，吊兰枝叶茂密。你说是老公刚买了送你的，让你放在电脑旁，说可以吸收电脑辐射的。

你说，偶尔会想起他，想念他的笑，想念他的好。就留在心里面吧，也蛮好。

窗外的阳光，透过窗帘漫进来，水一样的，流动着，安静着。我突然感动，因你的一句留在心里面。人的一生中，总会相遇到几段情，击中心灵。然不是所有的情，都可以长相厮守的。放手的痛，总好过将来的悔。将来是什么？很多的不确定，纵然两情相悦，会换得花好月圆。可内心里，却有重重的负疚，那是对老公的，对孩子的。一日一日，负疚会成为沉重的枷锁，锁住灵魂，灵魂从此不得安生。这样的爱情，还有什么幸福可言？更何况，再浓烈的感情，一旦落入凡尘，难保它不会变淡，甚至变味。有一天，他若负了你呢？

结局会与期望，背道而驰，这才是爱情中最不堪的呢。所以，《廊桥遗梦》里的弗朗西斯卡最终没有跟罗伯特·金凯走，虽然她爱他超过爱自己的生命。所以廊桥的爱情，闪着神话一般的光泽，她在多年后，回忆起他，还是爱情中的模样。宁要缺憾不要负疚，他才成了她生命里的永恒。

兰兰，你是聪明的，所以，你最后做了情感的赢家。今天，我把你的故事讲出来，是希望陷入情感泥沼中的别的人，能有所借鉴。美好的情感原是有个前提的，基于不伤害。

# 小情书

亲爱的猫，你好。

嗯，我准备很正式地给你写一封小情书。嘘，别笑，我是说，真的。

我现在已端端正正坐到书桌旁了，很认真地在想，怎么开头呢？我写过那么多情感旖旎的文字，那都是对他人说的。可是，对你，我不说情话已多年。

容我打一会儿小岔，我得先看看窗外。今天窗外的天空不是很明朗，但阳光，却是灼人的。虽是入秋了，那气温，却持高不下。早上吃早饭时，你还跟我说，我们这里将会持续高温，南边也下雨了，北边也下雨了，就我们这里没下。我问，为什么？你说，热带高气压忤在我们这里不肯走了。我说，我们这里是风水宝地么，它爱。你说，是的，风水宝地哈。

我们的对话，常常这么无厘头，只要两个人在一起，总有说不完的话。若是细细回想，却又想不起都是些什么话。心里密密渗满的，却是安稳、妥帖，如鱼游在水里，云飘在天上，花朵开在枝上。

容我再打岔一会儿。我想起阳台上的花还没喂水呢。我是花草控，天长日久的耳濡目染，你对花草，也发生浓厚兴趣。一遇到外面哪里有好花开，就迫不及待揣着个秘密似的，跑回来告诉我。我们一起去看吧，你热切地说。你的眼里，有孩子的天真。我真真喜欢这样的你。多好啊，纵使活到八十岁，咱还有颗不老的童心的。

你给我买得最多的礼物，也就是花了，虽说多半我不大养得活。但它们在我的一些日子里喷过香，吐过蕊，也就够了。我从不贪求永久，我只要实实在在的，这当下握得住的鲜活和盛开。

我给两盆绣球花喂了水。我听见它们喝水的声音，像婴儿吮奶。每次，我和你站在这两盆绣球花旁，都要心照不宣地对看着笑笑。嗯，说出来还真不好意思啊，我们合谋做了一回“小偷”。

好几年前的事了。我们被广告上的镇江樱花展诱惑了去，一路高唱着春天的歌。等到了那里一看，樱花才打花苞苞的。好多前去的人都表示出万分的沮丧，甚至愤怒，我们没有。我们兴高采烈赏别的去了。樱花树下，二月兰都开着呢。我们赏二月兰。又寻着了一些荠菜花和婆婆纳，还有些别的野花野草看。一小河边有柳枝轻摆，你还给我做了一个花环，戴我头上。又樱花园连着人家的庄稼地，我们又顺便赏了油菜花和蚕豆花。在我们，没有一场相遇是辜负。

然后，你要去米芾公园。你练书法，你迷上米芾。我因你的痴迷，对这个人也极熟悉了，渐而也迷上。我喜他的性情，率真而为，对石头称兄道弟，举止癫狂，时人称其为“米颠”。他的书画我见得不多，字帖见过不少，笔笔里都有剑气，这是我的解读。你认可。你说有一天，你若也能写出带剑气的字，你就很满足了。我说，会的，只要你不断写下去。

我很高兴，我们俩总能很快达成一致。你支持我读书写作，家里常被我弄得一团糟糕，到处都是书和纸和笔，吃饭的桌子，有时也只得掏个空当儿，能把碗搁下去就行了。你也不介意，在那个空当儿里，照旧喝上三两老酒，把家常菜品咂得有滋有味。我亦支持你练字，有姐妹开淘宝卖笔墨文砚，我没少叨扰过她，给你弄来一支一支笔，又各色纸张。你都当宝贝一样收着。我们并不是想成就什么，也从不去争什么名利，只想着这人生要过得饱满一点，充实一点。

还是继续说米芾公园吧。那日，我们摸到那里时，已近傍晚。公园门口，没有人。我们买了票进去，偌大的公园里，也没有人。有树开白花，高高地撑着一树的白。茶花也开得好，还有海棠，一路艳艳地铺上山。我们窃喜，有做王室贵胄之感。看看，这公园，就是咱的！

去看米芾的字。每一幅前，我们都要站立良久。他的每个字里，仿佛都幻影出一个人来，风采俊朗又疏狂。这么看着看着，不觉黄昏已下，人家要关园门了，只好先退出园去，在镇江城里住下，商量着第二天再来。想来只隔一宿，买两次门票进这个园子的，怕只有我们这两个傻瓜了。

第二天，我们又晃晃荡荡去了。园子里依然少有人（真是奇怪，这么漂亮的倚山而建的美丽园子，怎么那么少人去看呢），然这正合我们心意。人多了，太吵，景致会被破坏掉。我俩都偏向于安静。这一次，时间绰绰有余，我们把展厅里米芾的字，一幅一幅全看下来了。就去逛园子，看花看草看水。然后，就看到一块地里，长着好多的绣球花。我猜测它们会开红花，还是白花。你说，要不，我们偷两棵带回去长？我知这花疯长，拔掉一两棵，无甚紧要，于是，同意。我望风，你下手，我们做了一回“小贼”。你把外套脱下，兜了这偷来的“宝贝”，我们一路小心带回家。如今，这两棵绣球花，都已开过花了，是红花。长得十分茂密。我和你考虑着，给它们移盆分枝，会繁生出很多盆的。想想我们将有一阳台的绣球花，真是美妙得很。

也偶有拌嘴生气的时候，多半是你让着我。我的理由简单得可笑：一，你是男人。男人就应该让着女人。二，你比我大。大的就应该让着小的。三，我是女人。女人生来就是被疼爱的。这让我想起来，挺难为情的。这么大个人了，还撒娇，还爱耍小孩子脾气。可是，有什么办法呢？人家就是心理年龄小嘛，一出门就晕方向。一看见小猫小狗，就迈不了腿。喜欢囤积一些小物件。喜欢买绒毛玩具。还常心血来潮，大雨天里，想去看荷花。半夜三更的，要起床看月亮。因几幅图片的诱惑，拔腿就要往杭州的山沟沟里跑。好吧，你都容忍了，且绝对配合我。我十分十分感激你。

顶喜欢晚上我们一起外出散步，一路走，一路闻着花香草香。我们给各种花草重新命名。给路过的桥命名，什么邂逅桥、牵手桥，那只有我俩懂。我们也给路过的露台命名，什么月亮台、钓鱼台。我们都喜欢沿着河边走，看河里的船，载满灯火，突突突驶远。有时我们不说话，只静静走，然走到一棵树下，我们都会停下来，笑，摘上两片叶子，闻。真香。那是香樟树的叶子，有浓烈的薄荷的味道。路过合欢树的时候，我们也要停上一停。合欢花的花期真长。你说它开的花，像个害羞脸红的小姑娘。好吧，我认同你这个比喻。你会摘上一朵给我，再摘一朵给你自己，闻。真香。我们把花朵揣在口袋里，继续走。时光就是这么的静好这么的静好啊！真叫我感激。

好啦，我啰啰嗦嗦说了这么多，我用脚指头都能想象得出，你看了，会有多感动。得了，眼泪就免了，我还是喜欢你笑，眼睛里装着孩子的天真与热切。

最后，我想文艺一下，引用我在我们结婚纪念日里写下的一段话：有一种遇见，叫做你和我。刚好你在，刚好我来，刚好我们都拥有热爱。也没别的好说，就这么热爱下去吧，做一对快乐有趣的人，一直到老。

# 爱她，就给她一段烟火

T先生，不知你读过《诗经》没有。《诗经》的开篇就是一首《关雎》，一个男子遇到他心仪的姑娘，辗转难眠，种种思念之后，他许下重诺：

窈窕淑女，钟鼓乐之。

我很为这个男子感动。他不耍花花肠子，不拐弯抹角，也不说什么海枯石烂之类的美丽谎言，他实打实的，给心仪的姑娘吃了一颗定心丸，——亲爱的好姑娘，我是要敲着锣打着鼓，风风光光娶你回家的。

对一个女人来说，你对她最大的爱和好，不是买金买银，许她江山，而是，真诚地，给她一段烟火。千百年来，莫不如此。

你说你和晴姑娘相爱八年了，你的心里不是没有她，你甘愿为她做很多事，她要什么，你都给她买。但最近，她却闹着和你分手。她闹分手的原因，只是因为你暂时尚不肯结婚。你说目前你的事业正处在不稳定期，你想等你的事业稳固了，再谈婚姻。你其实，还有另一层怕，你是在单亲家庭里长大的，父母的失败婚姻，在你心里，留下很大的暗影。你想等你心态调整好了，再涉足婚姻。晴姑娘却不能理解你，她以为你不爱她。你说你很痛苦，八年的感情，不是说散就能散得了的。

T先生，请原谅，我不能替你说话。你是个很自私的没有担当的男人，你借口事业尚未稳固，不足以谈婚论嫁，其实不过是内心恐慌，害怕重蹈你父母的覆辙。而这样的恐慌，你却转嫁到无辜的晴姑娘身上。八年啊，她的好年华，就这么被你耗着了。若是我，早就拍屁股走人了，管你爱得天翻地覆，不给我最俗世的烟火，我用什么来安放身心？

T先生，你的晴姑娘她不是圣女，她只是俗世中的女孩一个，她食人间烟火，她所求的，不过是一个“家”。她等了你八年，足够她有情有义。然等来等去，结果还是一个不确定的未来。你说，一个姑娘，还有多少八年可以用来等待？你纵使再好，也不能带给她安全许给她稳定，她只能另觅了枝头栖息。这，过分吗？是她不理解你，还是你不够理解她？自私的你啊，真得好好反思反思！

是的，T先生，现实里的婚姻，是有一些历经曲折，布满伤痕的。但更多的，是相扶相携着走一生的，有着各自的美满幸福。你不能因一片阴霾曾经遮挡过你的视线，就无视满世界的阳光。你要对自己有信心，对你的晴姑娘有信心。你爱了她八年，说明你对她，也是用情很深。她在你身边待了八年，她对你亦是情深意重。既如此，你还有什么可害怕的呢？事业未稳，没事，她不介意。婚后，你还可以继续你的事业，说不定，因婚姻美满，更为你的事业添上腾飞的羽翼呢。

若你还犹豫不决，那么，T先生，我要代晴姑娘请求你了，请你高抬贵手，放她走吧。爱情的幸福与恒久，原在婚姻。那是在烟火里熏着的，柴米油盐地搅拌着，如此，才能真正地入了味，融入到生命里，和着血液一起奔流，成就凡俗里的地老天荒。

# 谈一场光明正大的爱

寂静的夜里，你站在雨的街头，给我打来电话，你说是我忠实的读者，想对我倾诉你的故事。

故事俗套得从一开始，就望得见结局，你爱上了一个有妇之夫。单纯得跟一只小绵羊似的，一头坠进他绿色的陷阱里。

他是一家报社的编辑，你是一个文学爱好者，因为稿件的往来而相识。这样的相识，多与烟火隔绝，浪漫唯美。你很留恋地跟我回顾你们相识的点点滴滴，一路花开，一路月圆。

你再三说，你不是一个坏女孩，你根本无意于破坏别人的家庭。最初的最初，你没想过要去爱他。是他，口口声声说与妻子再无感情，说要离婚，说你才是他的最爱。你信了。他开始频频出现在你的生活圈子里，做出追求的姿势，和你出双入对。你的朋友，起初并不看好他。你是那么心高气傲的一个女孩，身边追你的男孩多得排着队，随便挑一个出来，也比他长得好看。然他，有的是一往情深，对你关怀得无微不至。朋友们反过来说你有福气，遇到这样一个好男人。

他的婚却一直未离，你不止一次在街上，遇见他和他的妻。他们并不像他所说的那样，生分疏离，而是有说有笑，琴瑟相和的样子。你的心上，像被生生插了一把刀。这个时候，你却怀孕了。他避而不见。好不容易见着了，他一句，我现在对你，一点感觉也没有了，我不爱你了。

曾经的所有，在这一句里，是烟飘过云散去。你痛不欲生，爱与不爱，都如潮水，来得急，退得也急，这算怎么回事呢？你不住地反问自己，是不是我哪个地方做得不好，让他不爱了？

你问我，我该怎么办？曾经那么多的好啊，怎么说没就没了呢？

我默默听你说完，心里替你痛得慌。好姑娘，你该有多傻啊，从一开始，你就不应该抱有幻想。情感的事，是一对一的，没道理占着窝里的，还看着外面的。我“残忍”地对你说，你那不是爱情，是游戏。你别再作贱你自己了，忘了你与他发生的所有，彻底地、干净地忘掉，重新来过。纵使他现在肯回头了，你也不要回头，因为，他根本不配拥有你的爱。

这种爱，一般都难成善果。痴情女孩，碰上已婚男人，除非她是修炼千年的狐仙化身，否则，真的不是他的对手。他对付女人的那一套，早已驾轻就熟，什么时候表情，什么时候表意，拿捏得十分的准。你有几颗心经得起这样的“好”？更何况他还会装出一副婚姻不幸的模样，沧桑得让人忍不住想揽了他的头入怀。你于是爱心泛滥，不管不顾爱了，把他当做生命中的真命天子，把自己当做拯救爱情的天使。怀了这样的使命，如飞蛾扑火，一路向着爱情飞扑而去，焉有不被灼伤的道理？

我不是不相信已婚男人的爱。那或许也是真的，他爱你，一时的意乱情迷，总是有的。只是那些爱，都是纸糊的花朵，看着漂亮鲜艳，却经不起岁月的任何汰洗。他若真的爱你，为什么不先离婚了再来谈？凭什么他可以坐守围城，再伸出一只手来，招揽城外的春光？爱情是坦诚的，是堂堂正正的，而不是花非花雾非雾。

忘掉他吧好姑娘，不要再陷于以往的伤痛中。大错已经铸成，再陷入伤痛之中，那对你的伤害，是加倍的。你又何苦执迷？给时间一点耐心，再多的伤，也会渐渐愈合。收拾好自己，重新上路，擦亮眼睛，相遇良人，光明正大地爱上一场。

# 恋的忧伤，爱的唯美

梅子姐姐，我想问你一个问题，我和一个男生互相动心了。但我认真得比他快，我担心我的太主动会让他不珍惜我，但我忍不住，我要怎么办才能留住他对我的好感？

我知道这种问题问别人也没用。可我自己不知道怎么办，心里想他也尽量忍着不打扰他。我很担心我的好吓走了一个对我有意思的人。我们是偶然认识的，时间不久，了解不深入。我的朋友都劝我一定要矜持，不要太快沦陷，慢慢了解。但我就是忍不住主动联系他。因为我们不在一个地方。

这种感觉好难受。像是一脚沦陷在井里，我却用双臂撑在井口，不敢让自己掉下去，可心里又忍不住往下看。为什么会这样呢？

——弯弯的月牙儿

月牙儿，我感动了，为你。为这恋的忧伤，爱的唯美，它有着露珠一般的清纯，月光一般的朦胧，花开一般的疼痛。

你让我想到遥远的诗经年代。那个年代，天高地阔，遍布清纯。青年男女，一旦涉足爱河，无不把它郑重成生命，忐忑、辗转、小心翼翼，想靠近，又害怕。如一头初入尘世的小兽，懵懂着，忧伤地甜蜜。如《褰裳》中的这个姑娘：

子惠思我，褰裳涉溱。子不我思，岂无他人？狂童之狂也且！

子惠思我，褰裳涉洧。子不我思，岂无他士？狂童之狂也且！

这个姑娘，爱了。她爱的那个男孩子，一朝没来看她，她就心生焦虑，伫立久等，猜疑、难受、百结愁肠。内心一把爱的火，烧啊烧啊，枉自把自己灼伤。她是那般怯弱，想哭泣。她想，是不是他不爱我了？是不是他嫌我烦了？是不是我哪里做得不够好？是不是因我不够矜持太过投入？千万个的问，却得不出一个确定的答案，啊，他到底爱我几分？如你，“像是一脚沦陷在井里，却用双臂撑在井口，不敢让着，他的世界里，全是你。我好想告诉你的那个男孩子，他多么有福气，能相遇到如此清纯的一个你，这比金子还珍贵的稀有的清纯。他若懂爱，定当珍惜。

然而，月牙儿，我还是要给你几点忠告：

一、爱要有尊严。这话，你切记。你可以为他低到尘埃，但不可以埋没于尘埃，丧失了自我，而是要在尘埃里开出花来。

二、爱要留有余地。爱得密不透风，你自己难受，也会让对方呼吸困难。这样的爱，会缺氧的。给对方留一些时间和空间，也给你自己留一些时间和空间。爱不是生活的全部，除了爱，我们还有很多的事要做的。

三、爱要找到平衡。爱情是双方的，否则那不叫爱情，那叫一厢情愿。一个劲对他好，换来的，也许不是圆满，而是鄙视和厌烦。什么事都讲究一个度，过犹不及。爱情也是如此。你可以想念，但不可以走火入魔，智商降低。

月牙儿，情如饮水，适量最好。否则，就伤身了。在爱的同时，你不要忘了，生活中，还有别的追求。工作也好，读书也好，旅游也好，养花种草也好，总之，不要丢弃了这一些。一个充满活力的女孩子，会为她的爱情锦上添花的。

自己掉下去，可心里又忍不住往下看。”瞧，月牙儿，你们的爱情姿态，多么一致！

这个姑娘表面上却佯装满不在乎，她故作强硬，卡着小腰发着狠：啊，你如果真的想我，一条河流的阻隔算什么，你就不会提着衣裳趟过水来看我呀。你不爱我，难道就没有他人爱我吗？你这个狂妄的坏小子啊！

呵呵，人家心里其实纠结难受着呢。倘他突然出现在跟前，只一个微笑，她也许就彻底沦陷，忘了刚刚发的狠了。月牙儿，现在，你还要问为什么会这样吗？那是因为，你太在意啊，你害怕失去，你的世界里，全是他。你便也希望